親鸞《しんらん》 上

激動篇

目次

親鸞《しんらん》　激動篇

下巻目次

親鸞

激動篇

上

前作『親鸞』の内容

平安末期の都《みやこ》で、下級官人の日野《ひの》家に生まれた忠範《ただのり》は、早くに両親と別れ伯父の家に引き取られて幼少期をすごした。家では召使いの犬丸《いぬまる》やサヨに可愛がられ、また、鴨《かも》の河原《かわら》では、ツブテの弥七《やしち》、河原坊浄寛《かわらぼうじょうかん》、法螺房弁才《ほうらぼうべんさい》ら無頼《ぶらい》の者たちと親しく交わって育つ。平家の組織・六波羅童《ろっぱらわっぱ》の元頭領、黒面法師《こくめんほうし》とはこのころから死闘を演じた。

九歳にして、慈円阿闍梨《じえんあじゃり》のもと白河房《しらかわぼう》に入室、三年後には比叡山《ひえいざん》の横川《よかわ》に入山し、範《はん》宴《ねん》と名のって修行に励む。だが、どんなに厳しい修行をしても悟りを得られずに挫折。二十九歳のときに六角堂《ろっかくどう》へ参籠《さんろう》し、紫野《しの》（のちの恵信《えしん》）という女人《にょにん》との縁のなかで、ついに山をおりることを決意。法然上人《ほうねんしょうにん》の門下となり綽空《しゃくくう》と名乗る。新たな生活にはいり、恵信と再会して僧侶の戒を破って妻に迎えた。それから数年にして、法然が著した秘蔵の書『選択 本願念仏集《せんちゃくほんがんねんぶつしゅう》』の書写を許されるまでに法然に認められ、善信《ぜんしん》の名をもらう。

だが、朝廷や貴族にも広まりはじめた法然の教えは、やがて念仏禁制《ねんぶつきんぜい》の厳しい弾圧を受け、師は讃岐《さぬき》へ、善信は越後《えちご》へ罪人として流刑にされる。彼は親鸞《しんらん》と名を変え、恵信をともなって北国へ旅立った。

聖者《せいじゃ》の行進

越後《えちご》の春はおそい。

京の都《みやこ》では、もう桜も散ってしまったころだろう。だが、この北国には、まだあちこちに白い雪がのこっている。

親鸞《しんらん》は国分寺《こくぶんじ》にちかい小高い丘の上に、海にむかって立っていた。あたりには、かすかにたそがれの気配《けはい》がただよい、寒さも一段とつよまってきた。

風がごうと鳴る。

海のほうから砂丘をはくように吹きあげてくる風のはげしさは、ただごとではない。こまかな砂粒をまじえた強風が、肌をおろし金《がね》でこするように吹きつけてくるのだ。

親鸞のざん切り頭の蓬髪《ほうはつ》が風になびき、色あせた衣《ころも》がはたはたと鳴った。

その親鸞の背後に、恵信《えしん》がいた。彼女は風をさけるように親鸞に身をよせ、背中あわせに立っている。

親鸞は風にあおられる姿勢をたてなおし、足をふみしめて海をみつめた。

小山のような波のうねりが急激にたかまると、一挙に浜におしよせて砕《くだ》け散る。まるで陸地を嚙《か》みくだこうとする怪物のような波だ。

一年前の春、この国府《こくふ》の浜に船で着いたときも、風のつよい寒い日だったように思う。

「よくよく越後の海がお好きなのですね」

背後から恵信の声がした。

「さっきから、ずっと海のほうばかり眺めていらっしゃる。わたくしは海よりも――」

恵信の言葉が風にかき消された。親鸞はふり返って、

「海よりも山が好き、というのだろう」

はい、と恵信はうなずいた。そして遠くを指さし、うたうようにいう。

「ここからは見えませんが、むこうの方角に焼山《やけやま》、火打山《ひうちやま》、そして中山《なかやま》。ぐるっと回って、あちらが、ほら、米山《よねやま》さんです。わたくしは子供のころから、いつも山を眺めて育ってきたものですから」

親鸞《しんらん》はかすかに苦笑していった。

「わたしのほうは比叡《ひえい》の山から近江《おうみ》の湖《うみ》を眺めて、ずっとそれが海だと思いこんでいたのだよ」

恵信《えしん》が笑い声をあげた。その笑いが不意にとぎれて、不安げなつぶやきに変わった。

「親鸞さま、あの行列が見えますか」

親鸞は眉《まゆ》をひそめて恵信の指さすほうを眺めた。

それはなんとも異様な光景だった。

西のほうから海ぞいの道を、長い行列がすすんでくる。

それは、ひどくゆっくりと動いていた。親鸞と恵信のいる丘の下にやってくるまでには、まだかなり時間がかかりそうだ。

遠くから見ると、その行列は巨大なムカデのように感じられる。

整然とした行列ではない。曲がりくねって、のびたりちぢんだりしながら、のろのろと動いてくるのだ。

行列の先頭には、林のように白い旗がひるがえっている。祭礼のときに立てられる幟《のぼり》のような旗である。なにか文字が書いてあるのだが、はっきりとは読めない。

海からの風に旗をひるがえして、行列はこちらのほうへむかっていた。旗のうしろに数頭の牛が見える。その牛につづいて、長い長い行列が蛇行《だこう》していた。

そんな行列を、親鸞はこれまで見たことがなかった。都《みやこ》で行列といえば、朝廷や貴族、また有名な大寺の高僧たちの行列だ。

世の中が乱れ、源平の合戦がおこると、武者《むさ》たちの行列も目立ってきた。甲冑《かっちゅう》や武具、そして悍馬《かんば》をつらねた武者の行列は、いかにも恐ろしげだった。

だが、いま遠くからやってくる行列は、およそそういった見なれた行列ではない。人数こそ多いものの、じつに放埒《ほうらつ》な気配にみちている。それでいて整然とした都の行列とはまったくちがう、異様な迫力を感じさせるのだ。

「あれは一体、なんだ」

親鸞は思わず声をあげた。

「なんとも怪《あや》しげな行列ではないか」

「権現《ごんげん》さまのご一行でしょう」

と、恵信がいった。彼女の声には、奇妙なおびえと、こわばりが感じられた。

「権現さま、だと？」

「お身内のかたは、そうお呼びしているのです。世間では、ゲドインさま、と」

「ゲドイン――」

親鸞《しんらん》は吸いよせられるように、その行列をみつめた。えたいの知れない衝動が彼の心に押しよせてきた。それは海から牙《きば》をむいてせまってくる巨大な波のような感覚だった。

「いってみよう。近くでよく見てみたい」

親鸞はもう歩きだしていた。

いけません、と恵《え》信《しん》がうわずった声をあげた。

丘をかけおりながら、親鸞は恵信をふり返った。彼女はどことなく気がすすまぬ風《ふ》情《ぜい》である。

「さあ、はやく。なにを心配そうな顔をしているのだ」

親鸞が声をかけたが、恵信は答えなかった。しかし、思いなおしたように小さなため息をつくと、小走りに親鸞のあとにつづいた。

親鸞は大股《おおまた》でぐいぐい歩いていく。

京都にいたころから、親鸞の健脚は自他ともに認めるところだった。比《ひ》叡《えい》の山上から洛中《らくちゅう》の六角堂まで、往復八里の道を毎日、駆けてかよったこともあったのだ。

坂をおりて少し歩くと、まもなく海ぞいの道と交《まじ》わる辻《つじ》にでた。道の左右には、おどろくほど大勢の人びとが集まっている。

「ゲドエンさんだぁ」

「ゲドエンさんのご一行がきなさるぞ」

奇妙に熱っぽいささやきが、波のようにひろがるのを親鸞はきいた。

そこに集まっているのは、じつに雑多な人びとである。それは親鸞がはじめて身近に接する地元の群衆だった。

浜の漁師とみえる男たちがいた。在の村人らしき一行もいた。頭に手拭《てぬぐ》いをかぶった丁持《ちょうもち》たちもいる。天びん棒で野菜や魚などの荷をかついだ女の行商人もいた。侍《さむらい》もいる。

薪《たきぎ》や炭などをせおった男。笠《かさ》をかぶった勧進《かんじん》の聖《ひじり》。そして旅の遊芸人たち。

腰に毛皮をまいたたくましい男は、山の猟師でもあろうか。

歩き巫女《みこ》の母娘が、手をつないで背のびをしている。ねじり鉢巻《はちま》きで大声をあげているのは、川の船頭たちかもしれない。

子供たちもいた。野良犬もいる。むっとする熱気があたりをつつんでいた。

親鸞は人ごみのなかで、何度もふり返って恵信の姿をたしかめた。恵信は親鸞からすこしはなれたところにいた。赤ん坊をおぶった大柄な女のそばで、その子に話しかけている。

恵信《えしん》は親鸞《しんらん》と話をするときには、都《みやこ》ふうの丁寧《ていねい》な言葉をつかう。だが、地元の人との会話は見事に越後《えちご》の国言葉だった。

笑顔で赤ん坊に話しかけている恵信の優しい横顔に、一瞬、親鸞は見とれた。そのとき横で男の声がした。

「いい女だなあ」

親鸞がふりむくと、すぐそばに大きな木箱を背おった若い男がいた。

引きしまった体つきで、いかにもすばしこい感じのする若者だ。きりっとととのった人形のような美男子だが、切れ長の目が鋭い。髪は童形《どうぎょう》で、肩のあたりまでのばしている。

背中にかついだ木箱が、いっぷう変わっていた。山伏や勧進聖《かんじんひじり》のせおう笈《おい》とちがって、小さな引き出しがやたらたくさんついている。木箱の脇《わき》に、「よろづや」と書いた小旗をたてており、身なりは旅の商人《あきんど》ふうだ。

年のころは、二十四、五、といったところか。言葉の調子からすると、関東あたりからやってきたのだろうか。

その男が、妙に熱っぽい目で恵信をみつめているのだ。親鸞はその目つきが不愉快だった。口を半びらきにして、よだれでもたらしそうな様子である。眉《まゆ》をひそめて自分のほうを見ている親鸞に気づくと、男は白い歯をみせて笑った。

「いい女だよなあ。あんた、そう思わんか」

男はいかにも気やすく親鸞に声をかけてくる。

「思う」

と、親鸞はうなずいた。そしていった。

「だが、あれは、わたしの妻女《さいじょ》だ」

あ、と首をすくめると、その男はがっくりと片膝《かたひざ》をつくまねをして、おどけてみせた。

「あんたの女房――。それはそれは」

世の中、うまい話はないもんだなぁ、と罪のない笑顔を見せると、

「そっか。あんたの妻女か。しあわせな男だ。しかし、どう見ても、あんたにあんないい女を嫁にできる甲斐性《かいしょう》があるとは思えんがね。ま、世の中にはわからんことが多い。気にするなよ」

「気にしてはいない。妻をほめてもらってよろこんでおる」

「おっ」

と、若い男は意外そうに手を打って、

「見かけによらんおもしろいお人だぜ。なんだい、夫婦してゲドインさんの見物か」

若い男は首をのばして行列の方角を見た。

「また、むこうで止まってやがる。どうやら勧進《かんじん》の説法《せっぽう》をはじめたらしいぜ。ま、年に一度のお山下《やまくだ》りだから、ゲドインさんも、せいぜい稼《かせ》がなくっちゃな」

「ゲドインさんとは、一体なんだ。教えてもらえないだろうか」

と親鸞《しんらん》はたずねた。

若い男はちょっと首をかしげると、

「ゲドインさんを知らないのか」

「知らない。きょう、はじめて耳にしたのだよ」

「あんた、どこのお人だい。言葉からすると上方《かみがた》だな」

「去年、京都からきたのだ。この土地のことは、なにも知らない」

そうか、おいらもそっちと同じ他国者《よそもん》だが、と男は前おきして、

「おいらは、早耳《はやみみ》の長次《ちょうじ》ってもんだ。ときにはよろずや長次といい、ときには乳揉《ちも》みの長次という。本業は薬師だが、どんなことでも、よろず不調法《ぶちょうほう》ってことがない。器用が身の仇《あだ》というやつかな」

ぺらぺらと早口でまくしたてると、

「このへんの人たちは、ゲドインをなまってゲドエンさん、という。なかには権現《ごんげん》さま、とあがめたてまつる連中もいる。字に書くと――」

ふと親鸞の顔を見やって、

「字は読める、よな」

「ほどほどに」

「じゃあ、このお札《ふだ》を読んでみな」

長次と名のった男は、どこからか手妻《てづま》のように一枚の護符《ごふ》をとりだした。縦長の紙に文字がかかれてある。親鸞は声にだして読んだ。

「天魔《てんま》外道《げどう》皆仏性《かいぶつしょう》　四魔《しま》三障《さんしょう》成道来《じょうどうらい》　魔界《まかい》仏界《ぶつかい》同如理《どうにょり》　一相《いっそう》平等《びょうどう》無差別《むしゃべつ》――うーむ」

「おう、大したもんじゃねえか。そのあとに書いてある名前が、ゲドインさんだ」

外道院《げどういん》金剛大権現《こんごうだいごんげん》、と書かれた文字に親鸞の目は釘《くぎ》づけになった。長次は言葉をつづけた。

「ゲドイン、すなわち外道院さ。自分で自分のことを権現というんだから、まさに外道だ」

「みずから権現《ごんげん》を名のっているだと？」

そうだ、と長次《ちょうじ》は笑っていった。

「本当か嘘《うそ》かは知らんが、本人は大和《やまと》の大寺《おおでら》の下人《げにん》の子だと称《しょう》しているという。神童といわれるくらいに頭がよかったので、役僧《やくそう》が陰陽道《おんみょうどう》を学ばせたら、これが大当たり。その吉凶を占うところことごとく的中した。ついに朝廷の陰陽寮《おんみょうりょう》にまで招かれ、陰陽博士《おんみょうはかせ》も目の前というところで、おしくも失脚《しっきゃく》したそうな。競争相手の陰陽師《おんみょうじ》が、彼の身元をさぐり、下人の子だとばらしたらしい。朝廷をだました罪として、額に㊦の焼き印をおされて追放されたという。その辺から後の経歴《けいれき》は怪《あや》しいもんだ」

長次はぺらぺらと早口でしゃべる。

その話にはまちがいも多く、親鸞《しんらん》には解《げ》せないところも少なくない。だが、外道院金剛《げどういんこんごう》という、これまで聞いたこともない人物の姿が、彼の話のなかからぼんやりと浮かんできた。

長次の説明によると、朝廷から追放されたその男は、たちまち山にかくれたという。生まれ育った土地に近い葛城山《かつらぎさん》である。

大和の葛城山は、古くから山岳修行の霊地として名高い。修験道《しゅげんどう》の祖とされる役小角《えんのおづぬ》も、この山の行者《ぎょうじゃ》だった。北に二上山《ふたかみやま》、南に金剛山《こんごうさん》とつらなる峰々には、妖《あや》しい伝承も数多くのこされている。

親鸞は以前、一度だけその葛城の古道を歩いたことがあった。彼がまだ範宴《はんねん》という名でよばれていた十九歳のころのことだ。

「葛城か――」

親鸞はちいさくつぶやいた。

「あれはふしぎな山だった」

長次は親鸞の言葉をきき流して、話をつづけた。

「その山中に奴《やつ》は十二年あまりいたらしい。木食《もくじき》、峰歩き、窟《いわや》ごもり、など山の暮らしをしたあげく、いつともなく自然に修験の道にはいったそうな。本人は役 行 者《えんのぎょうじゃ》の声をきいた、とかいってるらしいが、怪しいもんだ」

長次はぺっと唾《つば》をとばして話にもどった。

「やがて、あれこれと修行をかさねるうちに、ついにとんでもないことがおきた」

長次は思わせぶりに声をひそめた。

「ある晩、月の光をあびて祈っていると、なんと満月がびゅっと奴の口の中にとびこんできたんだと」

「満月が口の中にか」

「そうだ。そして体が内側から銀色にキラキラとかがやきだした。そのとき奴《やつ》は、突然、自分が仏になった、と悟《さと》ったという。外道院金剛《げどういんこんごう》と名のったのは、それからしい。やがて葛城山《かつらぎさん》をおりた外道院は、白山《しらやま》、立山《たちやま》とさまざまなお山で修行をつんで、天下無双の法力《ほうりき》を身につけたんだそうだ。この十年来、越前《えちぜん》、加賀《かが》、越中《えっちゅう》と、すべての土地の験《げん》くらべで負けしらずだからな。しかし、奴が本当にすごいのは、そんなことじゃない」

それは？　と親鸞《しんらん》はきいた。

「見ればわかる。さあ、きたぞ」

腹にひびくような野太《のぶと》い音が轟《とどろ》く。

海鳴りを圧するような法螺《ほら》の音だった。人びとのざわめきが一瞬、しんと静まる。

〈六道法螺《ろくどうぼら》ではないか〉

親鸞は首をかしげた。

法螺はただ強く朗々《ろうろう》と吹きならすだけではない。

〈説法《せっぽう》〉

〈宿入《しゅくい》り〉

〈道中《どうちゅう》〉

〈兜率《とそつ》〉

その他、さまざまな曲があって、場所と目的に応じて吹奏《すいそう》する。

〈六道〉は、人を弔《とむら》う葬送《そうそう》の曲だ。

親鸞は幼いころ、京都の鴨の河原で法螺房弁才《ほうらぼうべんさい》という行者《ぎょうじゃ》に可愛《かわい》がってもらったことがあった。法螺房はその名のとおり、自称、法螺の名手だった。彼は好奇心のつよい子供だった親鸞に、法螺のことだけでなく、さまざまなことを教えてくれたのだ。

〈六道〉は、鴨川で死人《しびと》を流すときに、法螺房がいつも吹いていた曲だった。

やがて地面をふみ鳴らす力強い音とともに、白い幟《のぼり》をかかげた先頭の列が近づいてきた。海からの風に、巨大な幟が音をたててひるがえる。その幟にくろぐろと書かれた文字は、

〈外道院金剛大権現《だいごんげん》〉

と読めた。

「おい、つっ立ってないで坐《すわ》ろうぜ」

と、親鸞の袖《そで》をひっぱって長次《ちょうじ》がいう。

「みろ。みんな土下座《どげざ》してるだろうが」

行列が近づくと、周囲の男や女たちは、いっせいに腰をかがめて地面にひざまず

く。頭にかぶった手拭《てぬぐ》いをはずしたり、笠《かさ》をとったりと、いかにも神妙《しんみょう》な顔つきだ。

手を合わせている老女がいる。「オン　バキリユ　ソワカ　オン　バキリユ　ソワカ」と、大声で真言《しんごん》をくり返している男もいた。

だれもが首をのばし、期待にみちたまなざしを行列にそそいでいる。

「ゲドインの呪《のろ》いがこわくないのか。おいらは坐《すわ》るぜ」

長次《ちょうじ》は背中の木箱をおろして、すばやくひざまずいた。しかし親鸞《しんらん》は前方をみつめて、じっとつっ立ったままだ。

白い幟《のぼり》の列のあとに、弓矢をせおった十数人ほどの山伏《やまぶし》姿の男たちがつづく。それぞれ檜《ひのき》の金剛杖《こんごうじょう》をつき、鉢巻きに頭襟《ときん》をつけた筋骨たくましい男たちである。

鹿皮や熊皮の引敷《ひっしき》を腰にさげ、法螺貝《ほらがい》を吹きならしながら悠々《ゆうゆう》と歩いてくる男たちを眺めて、

〈ただ者ではない〉

と、親鸞は思った。

かつて比叡山《ひえいざん》にいたころは、武勇をほこる堂衆《どうしゅう》たちをよく目にしたものである。いわゆる悪僧とよばれる僧兵たちだ。

源氏や平家の武者《むさ》たちも一目おいた比叡の荒法師《あらほうし》たちだったが、いま目の前を歩く

男たちはそれよりさらに威圧感があった。僧兵たちの黒衣《こくえ》とちがって、あざやかな柿《かき》色《いろ》の衣《ころも》がひときわ目立つ。

「おい、なにしてる。はやく坐れ」

あせった声で長次がいう。ふり返ると、恵信《えしん》も赤子を背おった女のそばで、すでに膝《ひざ》をついて坐っていた。

土下座をしている人びとのあいだで、立っているのは親鸞ひとりだった。べつに周囲に逆らうつもりはない。ただ、なぜ自分がその行列に頭をさげなければならないのか、自分自身で納得がいかなかっただけだ。

そんな親鸞の姿が目立つせいか、金剛杖をついた男たちは、するどい目で親鸞をにらみつけつつ通りすぎていく。

「外道院《げどういん》さま、ご勧進《かんじん》。ご勧進――」

と叫びながら、大きな笊《ざる》をもった男たちが行列の左右にあらわれた。道ばたに土下座した人びとが、あらそって銭《ぜに》を笊に投げいれる。銭のかわりに干魚《ひうお》をさしだす女がいる。野菜の束《たば》をわたす男がいる。餅や米の包みを笊にいれる者もいる。

母子とみえる歩き巫女《みこ》の娘のほうが、髪にさした簪《かんざし》をひらりと投げた。笊の男が器用に笊でうけとめると、笑顔でうなずいた。その後にしたがう男の一人が、喜捨《きしゃ》をした男女の頭を孔雀扇《くじやくおうぎ》で軽くなでて通りすぎる。

たくましい山伏《やまぶし》姿の行列のあとに、一人の男がゆっくりと歩いてきた。長身で、なで肩の、青白い顔をした男だ。目を伏せ、周囲のざわめきが耳にはいらぬかのように静かに近づいてくる。異国の使者を思わせる紫色の衣《ころも》が風にひるがえる。

〈学者のような男だ〉

と、親鸞《しんらん》はその男をみつめた。親鸞の視線に気づいたように、男はたちどまった。行列が音もなく歩みをとめる。

「そなたは、なぜ立っておる」

と、その男はいった。よくひびく声だった。親鸞は答えなかった。

その男は親鸞をじっとみつめた。そしていった。

「あちらからこられるかたを、どなただと思うておる。ありがたい大権現《だいごんげん》さまだぞ。見るがよい。人びとは皆、あのように手を合わせて拝《おが》んでいるではないか。それをなぜ、そなただけ立っておる」

言葉の調子はおだやかだったが、その声には、肌を刃物《はもの》で撫《な》でるような鋭さがあった。

親鸞は一瞬、たじろいだ。べつに誰に逆《さか》らって立っているわけではない。自然にひざまずく気持ちが、心にわいてこなかっただけの話である。

「大権現さま、とは？」

と、思いきって親鸞はきいた。

あたりがしんと静まり返った。長次《ちょうじ》の手が、しきりと親鸞の衣の袖《そで》を引っぱってい
る。

「外道院金剛《げどういんこんごう》さまだ」

男は答えた。無智《むち》をあわれむような口調だった。

「外道院さまは、即身成仏《そくしんじょうぶつ》なされた当代《とうだい》、ただお一人の生き仏であらせられる。そな
たもひざまずいて、ありがたく拝むがよい」

親鸞は首をふった。そしておだやかな声でいった。

「人は、浄土に迎えられて仏となるのだ。この世に、生き仏などというものはない」

風がとまったような沈黙があたりにひろがった。あー、と長次がため息をつく。

「ふむ」

親鸞の言葉に、男の青白い顔が一瞬、赤らんだように見えた。血の気がさすと、片
方の頰《ほお》に、大きな豌豆《えんどう》のような痣《あざ》がいくつも浮かびあがった。ひと目で疱瘡《ほうそう》の痕《あと》とわ
かる痣である。学者のような顔立ちが、その痣のせいで、不意に凄味《すごみ》をおびて見え

た。

「そなた、念仏の僧か」

と、男はきいた。

親鸞《しんらん》は、いいえ、と首をふった。

自分はもはや僧ではない。一年前にこの地に流刑《るけい》がきまったとき、すでに僧籍は剝《はく》奪《だつ》されている。藤井善信《ふじいのよしざね》という俗名を朝廷から押しつけられて、この地に送られてきたのだ。

「僧ではありませぬ」

「では、非人《ひにん》か」

「流人《るにん》です」

そうか、流人か、と男はうなずき、まじまじと親鸞の顔をみつめていった。

「わたしは、彦山房玄海《ひこさんぼうげんかい》だ。で、そなたの名は？」

親鸞は一瞬、迷った。

いま自分にあたえられている名前は、藤井善信である。しかし、それは理不尽《りふじん》に上から押しつけられた俗名にすぎない。

親鸞の心の中には、流刑となった事件のいきさつについて、納得のいかない気持ちが、いまもつよく残っている。

「わたしの名は――」

と、親鸞は大きく息を吐いていった。

「親鸞、です。禿《とく》、親鸞、と名のっております」

そうか、おぼえておこう、と彦山房玄海はいい、かすかに皮肉な笑みを片頬《かたほお》に浮かべた。

「わざわざ禿と名のるとはな」

そしてふり返ると、背後の行列に、進め、というように手をふった。

ふたたび法螺《ほら》が鳴りわたり、はげしい太鼓の音がひびく。とまっていた行列が、生き返ったように動きだした。それまで沈黙して成りゆきをうかがっていた周囲の人びとが、急に活気づいてざわめきたち、声をあげた。

「ゲドエンさまだぁ。ほれ、ゲドエンさまがきなさったぞ」

親鸞は去っていく彦山房玄海の背中から目を転じて、やってくる一行を眺めた。

一頭の巨大な黒牛が、ゆっくりと近づいてくる。異様に大きな牛である。数頭の牛がその後につづく。

親鸞の頭の奥で、古い記憶が雷雲《らいうん》のようにむくむくとよみがえってきた。

子供のころ、都《みやこ》の馬糞《まぐそ》の辻《つじ》で見た、怪牛、牛頭王丸《ごずおうまる》の姿だ。親鸞《しんらん》はまばたきして思い出をふりはらった。そして、いま目の前にせまってくる先頭の牛と、それにまたがっている人物を注視《ちゅうし》した。

〈あれが、外道院金剛《げどういんこんごう》か――〉

親鸞は思わずごくりと唾《つば》をのみこんだ。

よく見ると、牛の背中にのっている人物は、一人ではない。懐《ふところ》に抱くようにして、赤い着物をきた六、七歳ほどの童児《わらべ》を抱《かか》えている。

その二人の姿はゆらりゆらりと揺《ゆ》れながら近づいてくる。

牛の背にのった人物は、ふしぎな格好をしていた。山伏《やまぶし》のそれでもなく、神官の衣服でもない。

ただ一枚の柿色《かきいろ》の長い布を、膝下《ひざした》から腰へ、そしてゆるやかに全身に巻き、あまった布を背中にたらしている。両肩はむきだしで、足は裸足《はだし》のままだ。その顔をみて、親鸞は息をのんだ。牛にまたがった人物が、じつに異相だったからだ。

頰《ほお》から顎《あご》にかけて、渦巻くように濃い髭《ひげ》が密生している。

その髭の生《は》えようが尋常《じんじょう》ではない。逆髭《さかひげ》とでもいうのだろうか。下のほうからつっ立つように、上にむかって波打っているのだ。

その髭の色は赤みをおび、目は黒い穴のように翳《かげ》っている。鼻柱が太く、唇も分厚《ぶあつ》い。肌の色は銅色に光り、魚の鱗《うろこ》のような凹凸《おうとつ》がある。

しかし、もっとも人目を引くのは、その相貌《そうぼう》ではない。額にもりあがっている、まがまがしい紫色の傷痕《きずあと》だ。そこには㊦という焼き印のあとが、くっきりと見てとれた。

肩幅はひろく、山のけものを思わせる逞《たくま》しい体つきである。その人物は長髪を風になびかせながら、牛に揺られてゆっくりと近づいてきた。

まわりの男や女たちは、しきりに何かをとなえながら、手を合わせて拝《おが》んでいる。彼らの目には一様《いちよう》に、畏《おそ》れと歓《よろこ》びの入りまじった熱い感情があふれていた。

親鸞は巨牛にまたがった人物が周囲にはなっている、目に見えない異様な力を感じてたじろいだ。

その男、外道院金剛が抱《だ》きかかえている童児の姿は悲惨だった。

顔から手足まで赤黒い瘡《そう》がふきだし、黄色い膿《うみ》があふれている。幼い身で、人びとの恐れる悪病におかされているのだろう。その童児を、外道院は自分の頬をおしつけるようにして、いかにもいとおしげに抱きしめているのだ。

「ありがたや」

と、手を合わせた老女が声をあげた。

「あれ、あんな哀《あわ》れな児《こ》を抱《だ》えてなさるう。ああ、ありがてえなあ、ゲドエンさん！」

外道院《げどういん》は、ふし拝《おが》む人びとにおだやかにうなずきながら、親鸞《しんらん》の前を通りすぎていく。

彼はつっ立っている親鸞には、目をくれようともしない。

その後に、数頭の牛がつづき、やがて親鸞がこれまで見たこともない集団があらわれた。

親鸞は京都にいたころ、いろんな人びとの暮らしを見聞《みき》きしてきた。六角堂では、多くの物乞《ものご》いや病者《びょうしゃ》たちとも接しているし、鴨の河原や餌取小路《えとりこうじ》での道々《みちみち》の者たちとのつき合いもある。

しかし、いま目の前にあらわれた行列は、そんな親鸞の想像を絶していた。

「すげえ」

と、足もとで長次《ちょうじ》の声がきこえた。

「見ろよ。え？　まるで世の中、ひっくり返ったみたいじゃねえか。ふだんは世間から邪魔者《じゃまもの》あつかいされている物乞いたちが、きょうばかりは大手をふって歩いている。どうだい、やつらのあの嬉《うれ》しそうな顔は。おいらまで胸がすーっとしてきたぜ」

長次は頬《ほお》を紅潮《こうちょう》させてしゃべりだした。

「ほれ、何百人もの乞者《こつしゃ》さまのお通りだ。乞食《こつじき》もこれだけ集まれば豪勢なもんだぜ。家族や人びとから見放された重い病いの者もいる。目や手足の不自由な者たちもいる。おう、気のふれた娘や、よいよいの爺《じい》さんもいる。いつもは犬ころを追っぱらうようにあつかわれてるそんな連中が、この春のお山下《やまくだ》りの日だけは、こうやって世間さまに拝まれるんだ。あの者たちは、寒くなると、いつのまにやらいっせいに姿を消して、冬のあいだは、ずーっと雪深い山奥で暮らしているらしい。そして春がくると、こうして這《は》いだしてぞろぞろ里にもどってくるんだよ。ゲドインさまにつれられてな。めったに見られない、年に一度のお山下りの行列だぜ。よーく見ておきな」

ぼろくずのような人の群れがいく。

親鸞は呆然《ぼうぜん》とその行列を眺めた。

男の背中にかつがれた病者がいる。奇声を発しながら踊っている少年がいる。杖《つえ》をつき、手を引かれた老人もいた。木の箱車《はこぐるま》にすわり、手で車をこいでいる男もいる。

汚れた顔をあげ、垢《あか》にまみれた髪を風に波打たせながら、彼らは一団となって動いていく。その表情は奇妙に明るい。

やがて、彼らを護衛するかのように、一人の白覆面《しろふくめん》姿の大男がやってきた。高い足駄《あしだ》をはき、鹿杖《かせづえ》をたずさえた屈強《くっきょう》な男だ。

ちょうど親鸞《しんらん》の前でたちどまると、彼は土下座している人びとを見渡して、朗々《ろうろう》としゃべりだした。割れ鐘《がね》のような大音声《だいおんじょう》だ。

「よいか、皆の衆。いまここを行くかたがたを、ようく見るがよい。世のお偉い坊さまがたは、つねに業《ごう》ということを説かれておる。前世《ぜんせ》の業。現世《げんせ》の業。身《しん》・口《く》・意《い》の三業だ。それらの悪業《あくごう》のむくいとして人は悲惨な目にあうというのだ。しかし、それはちがう。これらの人びとは、そなたたち世間の者たちの業を背おって、病《や》み、貧にあえぎ、苦しみを受けているのだぞ。世の中でもっとも心やさしく、汚れなき者たちが、そなたたちの身代わりとして、業を引き受けてくれているのだ。これを代業《だいごう》という。ここにいる皆の衆。そなたたちは、一度でも嘘《うそ》をついたことはないのか？　殺《せっ》生《しょう》したことはないのか？」

白覆面の男は、目の前の一人一人に指をつきつけていう。

「よいか。魚や、けものを殺すだけが殺生ではないぞ。田畠《たはた》の害虫を殺すのも殺生。草を刈り、稲を刈るのも殺生だ。思うがよい。人に食われようとて柿が実をつけるのか。牛や馬は、荷を引くために生まれてきたのか。われらすべては、生きるために殺生せずには暮らせない悪人なのだ。そうではないか」

指さして怒鳴《どな》られた男が、あわてて地面に額をこすりつける。

白覆面の男は、さらに言葉をつづけた。

「物乞《ものご》いの人びとのみじめな姿を見て、決してあわれと思うてはならぬ。ありがたい、と手を合わせよ。銭でも、食い物でも、あるものはよろこんでさしだせ。そして拝《おが》め。病《やまい》に身は膿《う》み崩れ、身に糞《くそ》まみれのボロをまとっていても、それはすべて仏の姿である。手足の不自由な乞者《こつしや》も仏。目を病む者も仏。あの者たちは皆、そなたたちの業《ごう》を背おって苦しんでくれている仏たちなのだ。子供らのなかには――」

と、覆面男は、一人の童児《わらべ》を指さしていった。

「そのありがたい仏に、遊びで石を投げる者もいる。指さして笑う者もいる。そんな餓鬼《がき》どもを、ゲドインさまは好んで、夜中に打ち食われるのだ。ゲドインさまは、骨までバリバリとお食べになるのだぞ」

指さされた子供が、わっと泣きだした。

「よいか。肝《きも》に銘《めい》じておくのだ。貧者《ひんじや》、病者《びようしや》、弱者《じやくしや》こそ仏である。いま目の前にいる人びとこそがそうだ。春の仏たちが、ようやく雪の山からおりてこられたのだ。勧進《かんじん》せよ。身ぐるみはいでも勧進《かんじん》せよ！」

その声に応じるように、白覆面《しろふくめん》のうしろに数人の男たちがあらわれた。

「ご勧進。ごかんじーん」

と、彼らは大きな笊《ざる》をもって人びとのあいだを回って歩く。

財布《さいふ》ごとさしだす老人がいた。海藻の束を渡す女がいた。毛皮の袖《そで》なしをぬいで渡しているのは、山の猟師《りょうし》だろうか。

長次《ちょうじ》が木箱の引き出しから薬袋をだすと、いかにも惜しそうに男の笊に投げこんだ。

「おい、あんたも何かだせ」

と、彼は立ちあがって親鸞《しんらん》にいう。

親鸞は懐《ふところ》をさぐった。だが、何もない。

うしろをふり返ると、恵信《えしん》はいつも首に巻いている山繭《やままゆ》の襟巻《えりま》きをはずして、笊をもつ男にわたそうとしている。

襟巻きをとると、白い首筋がむきだしになり、いかにも寒そうだ。

「こまった」

と、親鸞は長次の顔をみていった。

「わたしには、念仏以外に出すものが何もないのだ」

「なにを気取ったことをいってやがる」

長次は鼻で笑って、

「その小汚《こぎた》ねえ衣《ころも》の下に、着てるものがあるだろうが」

なるほど、と親鸞はうなずいた。思いきって、ほつれた衣をぬぎ、筒袖《つつそで》の上に重ね着している雑巾《ぞうきん》のような折《おり》さしをはずす。

繕《つくろ》いをかさねた綿入れのように見えるが、芯《しん》に入れてあるのは綿ではない。野生の蒲《がま》の穂である。恵信が冬の寒さをしのぐために工夫してくれたものだ。

親鸞がそれをぬいで渡すと、笊をもった男は、おかしそうに笑っていう。

「乞食《こじき》でも着ねえようなしろもんだが、ま、志《こころざし》だからもらっとこうか。風邪ひくんでねえぞ」

親鸞は思わず大きなくしゃみをした。恵信がそばにきて心配そうに、

「行列もそろそろ終わりです。このままでは本当に風邪をひきそう。さあ、いそいでもどらなければ」

人びとがぞろぞろと立ち去りはじめた。法螺《ほら》と太鼓の音が次第に遠くなっていく。

あたりに夕闇の色がただよい、寒さがいっそう身にしみた。

「じゃあな」

と、木箱をしょいなおして、長次《ちょうじ》がいう。

「風邪をひいたら、おいらが薬をもってきてやるぜ。今夜からしばらく河原の外道宿《げどうやど》にころがりこむつもりだ。河原で早耳《はやみみ》の長次っていえば、すぐにわかる」

長次は立ち去りかけて、足をとめた。ふり返っていう。

「それにしても、トクさんとやら、あんたの女房、つくづくいい女だなあ。もしやや、こができて、乳《ちち》の出が悪いときには、おいらが揉《も》んでやっからよ。じゃ、あばよ」

親鸞《しんらん》は首をふって長次のうしろ姿を見送った。彼はとほうもない早さで、たちまち遠ざかっていく。

長次の姿が見えなくなると、親鸞は恵信《えしん》にうながされて家への道をたどった。

さっきまであれほどにぎやかだったのに、あたりはゆきかう人もなく、ひっそりと静まり返っている。かすかに海鳴りがきこえた。

恵信は親鸞によりそって歩いている。

外道院《げどういん》の行列のことについては、恵信はあえてふれないようにしているらしかった。

「おもしろい人でしたね。あの若いひと」

と、恵信がいう。親鸞は苦笑して、

「長次、とかいったな。妙な男だった」

「でも、わたくしは嫌いではありません。親鸞さまのことをトクさん、だなんて」

恵信は小さな笑い声をあげた。夜の中で、白い花がさいたように綺麗だった。

「よほどそなたが気に入ったらしい。ややこができたら、乳を揉んでやる、とか、いっておったが」

「揉んでもらわなくても、大丈夫です」

そういうと、恵信は親鸞の腕に自分の胸をおしつけた。ふくよかで、たしかな厚みが伝わってきて、親鸞はどきりとした。

「わたくしの母も、おっぱいが大きくて、お乳がたくさん出る人でしたから」

恵信は、三十六歳の親鸞より九歳年下である。京都にいたころは、ほっそりした女《にょ》性《しょう》だったが、越後《えちご》へきてから少し変わった。体つきが心なしか丸《まろ》やかになり、肌の色もいっそう白くなってきたようだ。それは内側から輝きだすような白さだった。

親鸞は腕にふれる乳房の温かさを、なんとなくうしろめたく感じながらいった。

「越後へきてからのこの一年、そなたがいなければ、とても過ごせなかっただろう。つくづくありがたいと思うている。こうして一年間、無事に流人《るにん》の年役《ねんえき》をつとめおえることができたのは、そなたが身を粉にして働いてくれたおかげだ。あらためて、礼をいう」

うれしい、と、恵信《えしん》はいい、親鸞《しんらん》の腕を、いっそうつよく自分の胸にだきしめた。

「わたくしは京より、越後《えちご》が好き。ほら、どこからか梅の香《かお》りがするでしょう？　やがて桃がさき、桜がさいて、あちこちの潟《かた》の岸辺が菜の花でうずまり、黄色い海になります。わたくしは幼いころ京都に奉公《ほうこう》にあがったときから、毎晩、故郷《ふるさと》の夢を見ない日はありませんでした」

やがて闇の中に、灯《あか》りが見えてきた。国司《こくし》の館《たち》の建物である。

親鸞たち二人のすまいは、そのすぐ近くにあった。

招《まね》かれざる客たち

どこかでかすかな音がした。

六角数馬《ろくかくかずま》は、銭《ぜに》を数える手をとめて、耳をすませた。夜が深まる音だろうか。人の気配はない。あたりはしんと静かである。この郡司《ぐんじ》の役所には、いまの時間にはだれもいないはずだ。

六角数馬は、ここ越後の国の郡司、荻原年景《おぎわらとしかげ》の腹心《ふくしん》の部下である。若いころから全国各地をわたり歩き、三年前からこの土地に落ちついた。いまは主人の郡司に、もっとも頼りにされている主帳《さかん》という立場で働いている。

〈おれは流れ者だ〉

と、本人は心の中で思っていた。幼いころから特異な才能にめぐまれており、その才を生かして各地で重宝《ちょうほう》されてきた。

並《なみ》はずれた算用の術と、天与《てんよ》の能筆の二つが、数馬の武器である。暗算はもとより、どんなややこしい計算でも一瞬でやってのけて人を驚嘆《きょうたん》させた。

「おぬしは計数《かぞえ》の神さまよ」

と、主人の荻原年景《おぎわらとしかげ》は、いつも呆《あき》れたようにいう。

肩書は主帳《さかん》という下っぱ役人でも、実際にこの官庁を仕切っているのは自分だ、六《ろく》角数馬《かくかずま》はそう自負《じふ》してきょうまでやってきた。

彼の欠点は尻《しり》が落ちつかないことである。どんなに雇《やと》い主に大事にされても、一年も同じ土地に暮らしていると、心が萎《な》えてくるのだ。すぐに他所《よそ》へいきたくなる。彼の才をもってすれば、仕事は各地にいくらでもあった。

異国との交易をする商人の帳面をあずかって、港町に暮らしたこともある。

各地に大きな荘園《しょうえん》をいくつももつ御願寺《ごがんじ》の台所を差配《さはい》したこともある。御願寺とは、天皇や皇后、皇子《みこ》などが建てさせた寺だ。寺院とはいえ、各地の荘園からの収入《あがり》は、とほうもなく大きい。

〈そんなおれが、どうして――〉

この雪深い土地に、もう三年もすみついているのはなぜだろう。自分でも不思議でならない。

〈年のせいかな〉

ども思う。すでに不惑《ふわく》をすぎて五年もたつのだ。独身の流れ者の暮らしが、そろそろ心と体にこたえるようになったのだろうか。

灯《あか》りがふっと揺《ゆ》れた。

ふり返ると、影のように身近に人の姿があった。戸の開く音もしなかったのに、と、ぞくっとする。

「六角どの」

と、その影は静かな声でいった。

「夜中《やちゅう》、ひとりで銭《ぜに》を択《え》っておられるのか」

六角数馬は、目をすがめて声の主をみつめた。

「これは彦山房《ひこさんぼう》さま――」

影のようにあらわれたのは、外道院金剛《げどういんこんごう》の懐刀《ふところがたな》といわれる彦山房玄海《げんかい》だった。たくましい体つきなのに、目も鼻も細く、唇も薄い。青白い頬《ほお》に、かすかに疱瘡《ほうそう》の痕《あと》が見える。

唐《から》の国の役人が着るような変わった衣《ころも》に、黒い数珠《じゅず》をかけていた。どこか狷介《けんかい》な学者を思わせる風貌《ふうぼう》だ。

〈いやな客がきた〉

数馬《かずま》はその気持ちとは裏腹に、愛想のいい笑顔をつくって、

「そろそろ訪ねてこられる頃ではないかと思うておりました。外道院《げどういん》さまとこの地に下《くだ》られてから、もう三日になりますな」

「うむ。今年もまた世話になる。権現《ごんげん》さまからも、そなたによろしく伝えておくようにと、お言葉があった」

「おそれいります。たかが郡司《ぐんじ》の裏方のわたくしめに、そのような」

「謙遜《けんそん》も度が過ぎると自慢にきこえる」

彦山房《ひこさんぼう》はうっすらと笑うと、六角《ろくかく》数馬の前に音もなく坐《すわ》った。

「あいかわらず、よう肥《こ》えておられるのう、六角どの」

「おみぐるしいことで」

若いころはそうでもなかったのだが、四十の坂をこえてからめっきり肥《ふと》ってきた。小柄な体が、まるで鞠《まり》のように丸く、顔と首が区別がつかないほどの肉のつきようだ。

陰で部下たちに、

〈大仏《だいぶつ》さん〉

などと呼ばれているのも当然だろうと思う。

「おたくの郡司どのは、そなたのような智恵《ちえ》袋を身内にかかえて、幸運であったのう」

と、彦山房玄海《げんかい》がいった。

「いえ、いえ、わたくしなんぞは――」

「いや」

彦山房は首をふって、

「後白河院《ごしらかわいん》が世をさり、平家もほろび、鎌倉幕府の時代となってからは、各地は弱肉強食の争乱の巷《ちまた》だ。国の受領《ずりよう》はもとより、地頭《じとう》、守護《しゆご》、荘園《しようえん》主、寺社権門《じしやけんもん》、御家人《ごけにん》、それぞれ入り乱れて民百姓《たみひやくしよう》からしぼりとろうと血眼《ちまなこ》になっておる。まさにそなたの出番だ」

彦山房玄海の言葉に、六角数馬は首をすくめて、

「しかし、わたくしどもの郡司さまは――」

「わかっておる」

彦山房はうなずいていう。

「役人にしては、まともなおかただ。だからこそ外道院さまも、お偉い国司《こくし》より、地元の郡司どのと手を組もうとされておるのだろう」

「ありがたいことで」

「毎年、あの河原に外道町《げどうまち》をおき、盛大な市《いち》をひらくことができるのも、郡司《ぐんじ》どののお許しがあればこそだ。この土地の河川、湊《みなと》の権利は、そなたたちがにぎっておるのだからのう」

「おかげさまで、いまのところは何とか」

六角数馬《ろくかくかずま》は、手もとの銭《ぜに》にちらと目をやって頭をさげた。

外道院がひきいる一行は、毎年、春から秋までの季節を、河原にいくつもの仮小屋をたててすごすのである。そして雪がふる前には、いつのまにか忽然《こつぜん》と姿を消してしまう。

その河原で月に一度ひらかれる市が、外道市《いち》だ。各地の産物から異国の品々まで、あらゆる物が売り買いされる。その売り上げの一部は、郡司のところへ回ってくる。

いま数馬が択《え》っている宋銭《そうせん》も、去年、そこで買いつけた銭だった。

渡《と》唐銭《とうせん》とよばれる異国の銭が、この国では古くから流通していた。ここにある銭も、外道市で上等な越後布《えちごふ》を車一両分も渡して手に入れた貴重な財産である。

「六角どのは、銭勘定《ぜにかんじょう》がお好きらしいのう」

彦山房《ひこさんぼう》が表情もかえずにいう。

「はい」

数馬は素直にうなずいて、

「こうして夜中に銭を択っておりますと、なにやら心が落ちついてまいります。銭を択ることは、あまり良いこととは思えませんが、ほれ、このように――」

六角数馬は一枚の宋銭をつまんで、灯《あか》りにかざしてみせた。

「これは北宋《ほくそう》の皇宋通宝《こうそうつうほう》でございますね。かなり古いものですが、すこしも傷《いた》んでおりません。それにくらべますと、こちらの銭は、すりへって、汚れが目立ちます。なかには歪《ゆが》んだ銭もございます。また偽銭《にせぜに》もございます。美しい銭も、すりへった銭も、値うちは変わりませぬが、こうやって銭を択っておりますと、その銭にまつわる人びとの喜怒哀楽が目に浮かんでくるようで、ふと、しみじみといたすのでございます」

「そなたが守銭奴《しゅせんど》でないことはわかっておる」

と、彦山房玄海《げんかい》は一枚の銭を手にとってながめながら、首をかしげていう。

「それにしても、なぜこの国でこれほど唐土《とうど》の銭がつかわれるのか、わたしにはそれが不思議でならぬ。異国との商いに用いるならともかく、ちかごろは諸国どこでも宋銭が当たり前のように通用するのだからのう」

になりまして」

「銭の使用は、ひところ下火になっておりましたが、最近またさかんに流通するよう

「いまや銭の世の中か」

ところで、と、彦山房《ひこさんぼう》の声が低くなった。

「今夜は、ちと教えてもらいたいことがあって訪ねてきたのだ」

「はい」

六角数馬《ろくかくかずま》は、一枚の銭を指先でくるくる器用に回しながら、さりげない口調で先まわりしていった。

「親鸞《しんらん》と申す流人《るにん》のことでございましょう」

そうだ、と彦山房はうなずいた。そして言葉をつづけた。

「三日前、われら一行が行列しておったときに、その男を見たのだ。だれもがひざまずいて外道院《げどういん》さまをお迎えするなかに、奴《やつ》ひとりが傲然《ごうぜん》とつっ立っておった」

彦山房は腕組みすると、その場の様子を思い返すように目をとじた。

「蓬髪《ほうはつ》で、貧しい身なりの男であった。わたしがとがめると、人は浄土に迎えられて仏になる、この世に生き仏などはおらぬ、と、淡々《たんたん》と申した。名をきけば、禿《とく》、親鸞、とこたえた。その男、流人であるそうな。流刑の者ならばこの地の郡司《ぐんじ》どのが、

身もとを引き受けておられるはず」

「はい」

「その夜、外道院さまとお話したおりに、おたずねがあった。あの男は何者であろうかと」

「外道院さまも、お気づきになっておられたのですか」

「ちらとご覧になっただけだが、ただならぬ気配をお感じになったらしい。奴が立っている背後の空に、異様な雲が逆巻《さかま》いているのがまざまざと見えた、と」

彦山房は、大きなため息をついていう。

「あの男、味方につければ頼《たの》もしい竜となり、敵にまわせば恐ろしい虎《とら》となるやもしれぬ、そうもいわれた。外道院さまの御《ご》託宣《たくせん》がはずれたことは、これまで一度もない。六角どののところへいって、話をきいてまいれ、とのおおせでやってきたのだ。親鸞とは、そも何者か、手みじかに教えてもらいたい」

彦山房の口調はおだやかだったが、どこかにかすかな怯《おび》えのようなものが感じられた。

六角数馬には、それが意外だった。

外道院金剛《こんごう》という、えたいの知れない怪物の、陰の軍師とみなされている彦山房玄《げん》い海《かい》ではないか。その男がなぜ？

数馬《かずま》はさっきから、この彦山房《ひこさんぼう》とどこまで友好的につきあうべきかを計算していた。

この地方には、いま、さまざまな権力者たちがひしめいている。

国の役人である国司《こくし》がいる。貴族や寺社の荘園《しょうえん》をとりしきる荘官《しょうかん》たちがいる。古くからの豪族、領主もいる。

最近は鎌倉幕府の威光をせおって勢力をのばそうとする守護《しゅご》や地頭《じとう》たちの進出もとまらない。

それぞれに越後《えちご》の土地と民《たみ》から、できるかぎり多くのものをしぼりあげようと、目の色をかえて利権を争っているのだ。

そんななかで、数年前に突然、出現した奇怪な外道院《げどういん》一行は、土地の支配者たちにとって、すこぶる無気味な存在だった。

なんといっても外道院は、おそるべき法力《ほうりき》の持ち主なのだ。これまでに何度も天災や疫病の流行を予言し、ことごとく当てている。

人びとが忌《い》み嫌う死者、病者《びょうしゃ》、貧者《ひんじゃ》たちを一手に引き受け、面倒をみる。外道院たちは穢《けが》れを、まったくおそれない。そして、厄介な争いごとも嘘《うそ》のように簡単に解決させてしまう。

以前、外道院に敵対した御家人《ごけにん》の一族が、つぎつぎと思いもかけぬ凶事にみまわれたことで、人びとはふるえあがった。

土地の治安や検断《けんだん》をつかさどる幕府の守護も、外道院がいるあいだは犯罪がめっきりへり、浮浪人《ふろうにん》の姿も少なくなったことを内心ありがたく思っているらしい。

〈外道院とうまくやっていかねば〉

と、六角《ろくかく》数馬は考えている。

彼らの力をかりて、最近とみに力がおとろえてきた郡司《ぐんじ》の立場をもり返したい。さいわいなことに、河原の管理権をもっていることで、外道院とつながっていることが心づよかった。

「親鸞《しんらん》と名のっております男は――」

と、六角数馬は静かに語りはじめた。

「昨年の春、京都から送られてきた流人《るにん》でございます」

かすかに音をたてて灯《ひ》がゆらいだ。

彦山房玄海《げんかい》は、腕ぐみしたまま目をとじて六角数馬の言葉に耳をかたむけている。

「あれは風のつよい、寒い日でございました。都《みやこ》からつきそってきた役人から、この地の郡司《ぐんじ》である荻原年景《おぎわらとしかげ》さまに引きわたされました。妻女《さいじょ》の恵信《えしん》とふたりです。そしてわたくしがその身柄をまかされ、きょうまで世話をしてきたというわけで」

彦山房《ひこさんぼう》は無言でうなずいた。六角数馬《ろくかくかずま》は、水が流れるように淡々《たんたん》と語った。

「都《みやこ》からはるばる越後《えちご》まで罪人が流されてくるなどということは、そうめったにあることではございません。しかも、ただの罪人ではないという。わたくしも好奇心のつよい男ですから、事前にいろいろ下調べをいたしました。本人からも、話をきき、すべて書面にしてございます」

「それも後から見せてもらおう」

「はい」

六角数馬は話をつづけた。

「彼が生まれたのは、承安《じょうあん》三年だそうです。後白河法皇《ごしらかわほうおう》や、平家の清盛《きよもり》公がご存命で、さかんに張りあっておられたころでしょうか。都からすこしはなれた日野の里の、日野有範《ひののありのり》という下級貴族の家の長子《ちょうし》とか」

「ほう、名家の出か」

「いえ、いえ、そうではございません」

六角数馬は苦笑して手をふった。

「名門どころか、従六位上《じゅろくいのじょう》と申しますと、昇殿《しょうでん》も許されず、牛車《ぎっしゃ》もつかえない貧乏貴族でございましょう。おまけにその父親は親鸞《しんらん》が幼いころ家を出奔《しゅっぽん》して、どこぞの寺に隠れたとか。そのうち母親までもが病《やまい》にたおれ、何人もの幼い子供をのこして世を去ったそうです」

「なるほど」

「そこで孤児《みなしご》となった子供たちは、親族の家にあずけられました。長男の親鸞は、伯《お》父《じ》の日野範綱《のりつな》の家に引きとられたそうですが、居候《いそうろう》というのは、これはなかなかつらいものでございまして」

六角数馬は、ふと自分の幼いころの日々を思いだして、ため息をついた。彼もまた早く両親と別れ、親族の家に身をよせて暮らした時期があったのだ。

「しかし、幸いなことに、その一家は学者の系譜《けいふ》だったそうです。それで幼いころから下の伯父の日野宗業《むねなり》という学者に四書五経《ししょごきょう》を教えられ、書も厳しく仕込まれたとのこと。わたくしも人に能筆とかいわれたりすることもありますが、いや、あの男の書く字とはそもそも格がちがいます」

六角数馬は、首をふってため息をついた。

「どうちがうのだ」

彦山房《ひこさんぼう》の目が、きらりと光った。

「親鸞《しんらん》という男、それほど巧《たく》みな字を書くのか」

「いや、巧みとか、美しいとかいう話ではございません」

六角数馬《ろくかくかずま》は手をふって、

「なんと申しましょうかねえ。一画一点もおろそかにしない端正な筆づかいですが、身ぶるいするような鋭さと気迫が感じられるのでございます。いわゆる文人墨客《ぶんじんぼっかく》の風《ふう》雅《が》な字とはちがいまして、そう、文字の背後に金剛石《こんごうせき》のようなつよい意志が——」

「ふむ。金剛石のような、つよい意志か」

「はい。唐土《とうど》の一流書家の字ともちがう、独特な書風《しょふう》でございます。あれは、本人の人柄がそのまま書となってあらわれたものでしょう。ま、それはともかく——」

六角数馬は、話を本筋にもどした。

彼は要領《ようりょう》よく親鸞の経歴を説明した。

九歳で仏門に入り、二十年ちかくを比叡山《ひえいざん》の横川《よかわ》ですごしたこと。

堂僧《どうそう》という身分で、常行堂《じょうぎょうどう》を中心にひたすら働き、学び、修行の日々をすごしたこと。

しかし、さまざまな行《ぎょう》によっても仏心を悟《さと》れず、悩みぬいたのちに洛中《らくちゅう》の六角堂に百日の参籠《さんろう》をつづけたこと。

苦悩のはてに、ついに比叡の山をおり、一介《いっかい》の野の聖《ひじり》として法然上人《ほうねんしょうにん》のもとに通ったこと。

その後、法然門下となって、頭角をあらわしたこと。

「そうか。あの男の師は、有名な法然房源空《げんくう》か。なるほど」

彦山房が皮肉な笑みを頰《ほお》にうかべながらいった。

「易行念仏《いぎょうねんぶつ》の法然なら知っておる。大変な人気であった。善行《ぜんこう》もいらぬ、修行もいらぬ、ただ一筋《ひとすじ》に阿弥陀仏《あみだぶつ》を信じて念仏せよ、それひとつでいかなる悪人も必ず浄土へ往生できるという、驚くべき仏法だ。あまりにも人びとが熱狂して、念仏さえすればいかなる罪を犯しても許されると無法にはしる者も多く、ついに念仏禁制《きんぜい》の裁きがおりたときいておる。後鳥羽院《ごとばいん》ご寵愛《ちょうあい》の女官までが念仏に入れこんだことで、院が逆上されたとか」

「そういう噂《うわさ》もございました」

「しかし、そんなことは上《うわ》べの話だろうな」

彦山房はいった。

「本当のところは――」

六角数馬《ろくかくかずま》は彦山房《ひこさんぼう》の顔をみつめた。

「本当のところ、と申しますと？」

「法然《ほうねん》が説くのは、弥陀《みだ》一仏《いちぶつ》という教えだ。阿弥陀仏ただひとりを頼《たの》め、と奴《やつ》はいう。行うは念仏のみ。そのほかの信心はすべて不要とばっさり切りすてる。しかし、それはこの世間の秩序を根底からくつがえす危《あや》うい信心ではないか。つきつめていえば、朝廷も、権門貴族も、幕府も、寺社も、すべては仮《かり》の世界となる。阿弥陀さま一《ひと》筋《すじ》、ということは、つまりこの世に新しい魂《たましい》の主人が生まれることになるのだ。上の者たちはそこをおそれる。他の宗門からの批判とか、女犯《にょぼん》とか、そのようなケチな話ではなかろう」

「そこまでは考えませんでした」

「去年、指導者の法然と、その一門にきびしい裁きがくだったことは、わたしも知っておる。死罪四人であったか」

「はい。流刑《るけい》が八人。その一人が親鸞《しんらん》です」

六角数馬は膝《ひざ》をのりだしてささやいた。

「じつは法然の念仏門には、下々《げげ》の者たちとともに、なぜか権門貴族、有力武家などにも信奉者が少なくありませんで」

「そうらしいな。元関白《かんぱく》の九条兼実《くじょうかねざね》もその一人であったときいておる」

「はい。さらに幼いころ親鸞に学問を教えた伯父の日野宗業《ひののむねなり》が、その後どういう手蔓《てづる》をもちいたのか、去年、突然、越後権介《えちごのごんのすけ》という役目に就任いたしました。これはどう考えても偶然とは思えませぬ。ご本人はこの地へは参られないようですが、なにしろ越後権介といえば、この地の国守《こくしゅ》につぐ次官の立場でございますゆえ」

「金さ。いまは地方の役人の位なぞ、いくらでも金で買うことができる。しかし、親鸞という男、形だけでも越後権介の甥《おい》ともなれば、流人《るにん》とはいえ粗末にあつかうわけにはいくまい」

「さようで。郡司《ぐんじ》さまがわたくしに世話をまかせられましたのも、その辺をわずらわしく思われたのかもしれませぬ」

六角数馬は、丸い首をすくめてつづけた。

「しかも、恵信《えしん》という妻女《さいじょ》は、もともとこの越後の豪族につながる旧家の出身でございます。都《みやこ》にあがって、九条家に奉公《ほうこう》しておりますときに、親鸞と縁ができ、妻となったときききました。ですからあの男がこの越後の地へ流されたのも、周囲のさまざまな配慮の上のことではありますまいか。さらに妙なことが――」

六角数馬は彦山房の顔色をうかがうように言葉を切った。

「ふむ。この世は妙なことばかりだ。いまさら驚くこともあるまい。そなたほどの海千山千の男が、奇妙に思うこととは、いったいどういうことだ」

彦山房《ひこさんぼう》の問いに、六角数馬《ろくかくかずま》は片手で顎《あご》をなでながら答えた。

「あの男に関して、妙なことはいろいろあるのですが、そうですな。たとえば、流罪《るざい》になった者には、一般に一年から三年の役《えき》というものが科せられることになっております。盗みや殺人、また反逆の罪とか、そのような刑の場合には三年ですが、法然《ほうねん》、親鸞《しんらん》などは遠流《おんる》に処せられたとはいえ、破廉恥《はれんち》な罪ではありません。ですから、役は一年となります。その役を終えますと、そこで配所の戸籍にくわえられ、刑期を終えるまで自活《じかつ》することになる。百姓《ひゃくしょう》と同じように田畠《たはた》をたがやし、年貢《ねんぐ》その他の租《そ》をおさめて働くのです。そのための種籾《たねもみ》は役所から貸《か》しあたえられますし、ふつう男は二反《たん》、女は一反百二十歩《ぽ》ほどの田も、支給されます。しかし収穫《しゅうかく》のあとには、借りた種籾に利子をつけて返さねばなりません。さらに年貢もおさめなければならなくなります」

「国もせこいものだのう。あの手この手で、流人《るにん》からまでも年貢をまきあげようとは」

彦山房はかすかに笑って、

「ところで、その一年の役とやらは、いったいなんだ」

「役、と申しますのは、従役《じゅうえき》のことです。まあ、役所や公《おおやけ》の仕事に奉公させられることでございますね。荷を運んだり、田をたがやしたり、道や橋などを修理したり、役所の建物を直したりと、雑用は山ほどございます。郡司《ぐんじ》さまもご自分の領地をおもちですから、人手はいくらあっても足りませぬ」

「なるほど」

彦山房はうなずいて、さらにたずねた。

「では、親鸞も一年間、そのように役に服してこき使われたわけか」

「いいえ。そういう役と申しましても、かなり昔のしきたりでございます。しかも今度の流人は越後権介《えちごのごんのすけ》どのの身内でいらっしゃる。わたくしどもでは、まあ、おとなしく暮らしてくだされればそれで十分と思っておったのですが、なんとあの男、親鸞のほうが、自分から一年の役を形式どおりきちんとつとめたいといいだしてきかないのでございます。どうやら意地になっておりますようで」

「意地か。ふむ。だれに対しての意地だ」

「さあ。だれに対してでしょうか」

六角数馬は、さぐるような視線を彦山房にむけた。彦山房は薄く笑って、

「自分でわかっていることをきくでない」

「やはり――」

「師の法然《ほうねん》をはじめ、一門を死罪、流罪《るざい》に処した相手にだ。いや、相手というより、そのような裁き自体が、そもそも義にもとる、とあの男はいきどおっておるのだ。許せない、とな」

「なるほど。自分を罪人とするならせよ、その刑はきちんと受けてやる。それも中途半端なあつかいではなく、すすんで厳格に刑に服することで、自分の意地をとおそうと、そういうわけですか」

「うむ。偏屈《へんくつ》な男だ。外道院《げどういん》さまが見抜かれたように、ただ者ではあるまい」

それでどうした、と彦山房《ひこさんぼう》は六角数馬《ろくかくかずま》をうながした。

「はい。まず、家はこちらの目のとどくところにと、国司《こくし》の館《たち》の一角にある郡司《ぐんじ》の詰《つ》め所の裏庭の物置を手直しして、そこに二人をすまわせました」

そして一応の調べや手続きの終わったところで、本人の希望どおり、雑役《ざつえき》につけたのが一年前のことだった。もっぱら役所のなかの労役である。

豪雪の季節を耐えた役所の建物や庭は、相当にいたんで手入れが必要だった。

しかもこの数年、郡司の立場は弱まっていく一方である。詰め所を修理する費用も、人手もままならないありさまだった。

崩れかかった塀《へい》や、風よけの柵《さく》、瓦がはがれた屋根、荒れ放題の庭、根太《ねだ》の腐った床、水のかれかかった井戸、などなど人手が必要なところは無数にある。

「まず、そのあたりの手入れからやらせたのですが、これが意外なことに――」

「役に立ったのか」

「はい。びっくりいたしました。経を読むか、念仏するぐらいしか能がないだろうとたかをくくっていたのですが、なんと、大工《だいく》仕事から井戸掘《ほ》りまで、すべて巧《たく》みにこなします。見かけはそうでないが、力もある。館の庭木の手入れから、牛馬の世話など、骨身おしまず働きます。しかも、荒くれ者の馬借《ばしやく》、車借《しやしやく》どもや、出入りの河原者《かわらもの》たちともすぐに親しくなって、仲間あつかいされているのには、ただただ呆《あき》れるばかりでございました」

「ほう。それはおもしろい」

彦山房がいった。

「無位無官《むいむかん》の念仏僧とはいえ、天下の比叡山《ひえいざん》に長く学んだ都人《みやこびと》だ。まして学者の家柄とあれば、車借、馬借、河原者など、下々《げげ》の者たちとは、気軽に言葉をかわすことすらむずかしかろう。それが連中から仲間あつかいされているとは」

考えられないことだ、と彦山房《ひこさんぼう》は首をかしげた。

「それで、流人《るにん》の一年の役《えき》は、すでに終えたのだな」

「はい。三日前に無事《ぶじ》、勤《つと》め終えました。この一年間というもの、役所の敷地内からは一歩も外に出ず、労役に専念しておったのです。気散《きさん》じに外を歩いてみてはどうかとすすめても、かたくなに、役があけるまでは、と首をふっておりました。三日前に、ようやく一年の役が終わって、この地へきてはじめて妻女と近所を歩いたようです。たまたまそのときに、外道院《げどういん》さまのお山下《やまくだ》りの行列に出会ったのでしょう」

「なるほど」

彦山房はうなずいて、

「するとこれからあの男は、役所からわずかな田畠《でんばた》と種籾《たねもみ》を貸《か》しつけられて、百姓仕事のまねをして暮らすことになるのか」

「いえ、いえ、そのへんは郡司《ぐんじ》さまも心得《こころえ》ておられます。それに、田をたがやすなどということは、なまやさしいことではありません。経験も、知識も必要です。意地になって百姓のまねごとをしたところで、無駄なことです。それよりも、あの男が身につけております知識や才能を生かして、われらの力として利用することが一番でしょう。郡司さまも、ぜひそうしたいと申されております。まあ、当分はこの土地の様子をのみこんでもらうために、自由にあちこち見聞《けんぶん》させておくつもりでございますが」

「食《く》い扶持《ぶち》は？」

「昔のきまりですと、最初一年間は一人当たり一日、米一升《いっしょう》と、塩一勺《いっしゃく》が支給されることになっております。しかし、暮らし向きには十分に心くばりせよ、と、郡司さまから指示されておりますゆえ」

そのとき彦山房が、目顔で六角数馬《ろくかくかずま》を制した。右手のこぶしで、こつこつと床を叩《たた》く。

「でてくるがよい」

と、彼は静かな声でいった。

「床下でわれらの話を盗み聞くのは、窮屈《きゅうくつ》であろうが」

板張りの床下から、くぐもった声がきこえた。

「はい、はい、ただいま参ります」

がさごそと物音がする。

六角数馬は驚いてたちあがろうとした。

そのまま、そのまま、と彦山房にとどめられて、彼は坐《すわ》りなおした。

するりと人影が部屋にすべりこんできた。灯《あか》りに照らされた顔は、二十代なかばと見える美貌《びぼう》の若者である。

彦山房《ひこさんぼう》の前に平伏して、

「いつもの悪い癖《くせ》で、つい盗み聞きいたしておりました。どうぞ、お仕置《しお》きを」

「六角《ろくかく》どのは、この男、ご存じか」

彦山房がきいた。

「いえ、はじめて見る顔でございます」

「こやつは早耳《はやみみ》の長次《ちょうじ》という流れ者だ。本業は薬師らしいが、頼まれれば人殺しもする。いつしかわれらの河原にまぎれこんで、いまは賭場《とば》をひらいて稼《かせ》いでいるらしい」

「彦山房さまは、すべてお見通しで」

と、若者は不敵な笑顔であぐらをかいた。

「申しひらきはいたしませんよ。郡司《ぐんじ》の智恵《ちえ》袋と外道院《げどういん》の軍師《ぐんし》さまが、いったいどんな悪巧《わるだく》みをと、耳を立てておりました。お気持ちのすむよう、どうぞご成敗《せいばい》くださ い」

「耳をかせ」

と、彦山房がいった。懐《ふところ》から白く光る剃刀《かみそり》をとりだし、手招《てまね》きする。

「は？」

「その悪い耳の片方を切ってやる。盗み聞きするからには、それくらいの覚悟はあるだろう」

「彦山房さま――」

六角数馬《かずま》はあわてた。

「ここは役所でございます。勝手に血を流したりされますと困ります」

「遠慮《えんりょ》はいらねえよ。さあ、切れ！」

長次という男は、おそれを知らない若者らしい。彦山房の前に顔をさしだしていう。

「耳のひとつやふたつ、どうってこたあねえや。これからは片耳の長次と名のることにすっからよ。さあ、切れ」

彦山房は剃刀をひと振りすると、音もなく懐におさめた。

「いい度胸だ。そこをみこんで、おまえにひとつ、頼みがある」

早耳の長次という男、油断のならない奴《やつ》だ、と六角数馬は思った。

ととのった顔立ちにだまされてはいけない。河原の外道院の手下たちを相手に、賭場をひらいているというからには、相当な切れ者だろう。

「お仕置《しお》きのかわりの頼みというからには、なみの仕事じゃありませんよね」

長次《ちょうじ》は彦山房《ひこさんぼう》の顔色をうかがうように、

「さっき話にでてた親鸞《しんらん》という流人《るにん》のことでしょう」

「そうだ」

「あれはおもしろい男です。おまけに女房がなんともいえずいい女でして」

「いまからその親鸞のところへいってくれ」

「殺《ば》らすんですか？」

「いや。明日、外道院《げどういん》さまのところへ参るようにと伝えてこい。承知すればそれでよい」

「嫌《いや》だといえば？」

「始末《しまつ》するしかないだろう。厄介な芽ははやく摘《つ》むことだ」

六角数馬《ろくかくかずま》は驚いて彦山房の顔をみつめた。

「始末するとは、どういうことですか」

「河原につれてきて、石を背おわせる。川に流せば魚がよろこぶだろう」

とんでもないことです、と六角数馬はいった。

「どうしてそこまで、あの男に関心を――」

「味方につければ竜になる、敵にまわせば虎《とら》となるだろう、と外道院さまはおっしゃった。わたしもそう思う。たぶん、敵になるにちがいない。手ごわい敵にな。この世に生き仏などない、といい切った口調にそれを感じたのだ」

彦山房はおそろしい男だ、と六角数馬は思った。これまでにも、彼の指図で何人もの命がうばわれたことがあったのを知っている。

しかし、そのことで、郡司《ぐんじ》である荻原《おぎわら》家はあやうく生き残ってきたのだ。いまこの郡司の権益《けんえき》を、野放しになった虎たちが、隙《すき》あらばと狙《ねら》っている。ここは目をつぶって、彦山房のやり方にまかせるしかあるまい。

「なんとか穏便《おんびん》にたのむ」

と、六角数馬は長次にいった。

「あの男が素直に外道院さまのところへうかがいさえすれば、事を荒立てずにすむわけだから」

「おいらはあの男を川に沈めて、奴《やつ》の女房と仲よくしたいね」

と、長次はいった。

春風のなかで

風が吹いている。

板張りの屋根が、音をたててきしんだ。

うす暗い灯火《ともしび》の下で、親鸞《しんらん》は自分で綴《と》じた冊子《さっし》を読んでいた。

師の法然《ほうねん》から、特別に書写《しょしゃ》することをゆるされた『選択《せんちゃく》本願念仏集《ほんがんねんぶつしゅう》』である。

都《みやこ》から越後《えちご》へ送られてきたときも、この一冊だけは身につけて大事にもってきたのだ。

表紙をひらくたびに、心がときめく。

なみいる法然門下のなかで、特別に選ばれてそれを書き写すことがゆるされたときの感激は、いまも忘れることがない。

それは親鸞が三十三歳のときだった。

「法然上人《しょうにん》は、いま四国でどのように暮らされておられるのだろう」

ひとりごとのように親鸞がつぶやいた。

小袖《こそで》のほつれをかがっていた恵信《えしん》が、顔をあげて、

「今年で、おいくつになられたのでしょうか。たしか親鸞さまより、四十歳お歳上《としうえ》でいらしたはずですから――」

「七十六歳になられる」

「おいたわしいことです」

恵信はため息をついた。

「上人さまにくらべると、わたくしどもは恵まれているのかもしれませんね」

「そう思う」

親鸞は『選択本願念仏集』をとじて、うなずいた。

「縁《えん》もゆかりもない土地に流された者もいるのに、わたしはこの越後でおだやかに暮らしてきた。伯父の配慮もあり、また、そなたの里が近いこともあって、ずいぶんと助けられているのだろう。流人《るにん》の暮らしがこんなふうでよいものかと、ときには心苦しく思ったりすることもあったのだよ」

「でも、この一年間は、親鸞さまにとっては大変でございましたね。朝から晩まで、休むまもなく、汗をながしてよく働いておいででしたもの。六角《ろくかく》さまもびっくりなさ

ておられました」

「おかげで流人《るにん》の一年の役《えき》は、ぶじに勤《つと》め終えることができた。これから本当の越後《えちご》の暮らしがはじまるのだ。いま、わたしはなんとなく心がわくわくしているのだよ。吹く風にも、自分を内側からゆさぶる春の匂いがするようで」

「親鸞《しんらん》さま」

と、恵信《えしん》が甘えた口調でいう。

「わたくしにとって、いまの暮らしは本当に幸せに思われてなりません」

親鸞はだまって恵信をみつめた。

「こんな物置小屋のような家でも、こうして二人で夜をすごすことができます。うすいおかゆをすするのも、筵《むしろ》をしいて寝るのも二人です。親鸞さまとこんなふうに一緒に暮らしていける、それだけでわたくしは十分に幸せです」

親鸞には恵信の気持ちが、よくわかった。以前、重い病《やまい》をえて、死を覚悟したこともある恵信だったのだ。

京の都《みやこ》で出会い、そして一時は別れたこともある。それが再会をはたし、いま恵信の故郷《ふるさと》にこうして一緒に住んでいる。

「縁、というものだろうか」

親鸞はいった。

「わたしは、家族に縁がうすい人間だった。だから孤独には慣《な》れている。しかし、法《ほう》然《ねん》さまと出会ったときは、実の父親のように感じたのだよ。いまでもそう思っている。そして、そなたと会ったときは、母親をみつけたような気がした。ずっといままで、そなたに甘えてきたのだ。いつまでもそんなふうではいけない、と思っている。そのうち、ちゃんと自分で歩けるようにならなければ」

「人は、やはり最後には一人で歩いていかねばならないのでしょうか」

しばらくたって、恵信がいった。しみじみとした声だった。

「最後までずっと二人で一緒に生きていくことはできないのですか」

恵信の問いに親鸞は答えなかった。

人はいつかは一人になる。

最後に一緒に歩いてくれる相手は、たぶんそれが仏《ほとけ》というものかもしれない。姿も見えず、かたちもさだかではない仏というもの。

ふと見ると、恵信の顔にどこからか光がさしてくるように感じられた。さっきまで灯《とも》火《しび》の陰になっていた恵信の顔が、くっきりと明るくかがやいて見える。

「どうなされました？」

ただならぬ親鸞《しんらん》の表情に、恵信《えしん》はおどろいてきいた。

親鸞は無言のまま、恵信にむかって、そっと手を合わせた。

そのとき風の音がきこえた。その音にまじって、とん、とん、と外から戸を叩《たた》くかすかな音がした。

恵信が眉《まゆ》をひそめて、親鸞を見た。

「だれでしょう？　こんな夜ふけに」

親鸞は『選択《せんちゃく》本願念仏集《ほんがんねんぶつしゅう》』を、すばやく敷物の下にかくして立ちあがった。

とん、とん、と、あたりをはばかるような音が、ふたたびきこえる。

親鸞は用心して、戸の外の気配をうかがった。

「どなたですか」

「おいらだよ。長次《ちょうじ》だ。夜分、すまねえ。ちょっと話がある」

親鸞が戸をあけると、冷たい風が吹きこんできた。夜の中に、早耳《はやみみ》の長次の顔がうかんで見えた。

「なにごとだ」

「あす、外道院《げどういん》さまのところへこい、とさ。そうことづてをたのまれてきたんだよ」

「ことづてを？　だれに」

「外道院の代官だ。ほれ、お山下《やまくだ》りの行列を見たときに会っただろう。彦山房玄海《ひこさんぼうげんかい》というあばた面《づら》の男」

「わたしに何の用があるのだろう」

「知らないね。ただ、そう伝えてこいといわれただけだ」

親鸞はすこし考えてから、首をふった。

「わたしは流人《るにん》だから、公《おおやけ》の命令にはしたがう。だが、そのほかのさしずはうけない」

「くるのか、こないのか」

「いく理由がない」

「こないということだな」

「そうだ」

長次はチッと小さく舌を鳴らした。

「そういうだろうと思ったよ。だが、外道院の招きを断るということは、相手を敵にまわすということだ。わかってるな」

親鸞はだまっていた。

べつに敵にまわす気はない。世間が忌《い》む穢《けが》れをおそれず、貧者《ひんじゃ》、病者《びょうしゃ》を差別しない外道院《げどういん》の立場には、共感するところもある。

しかし、専修念仏《せんじゅねんぶつ》の立場からは、みずからを生き仏とし、修験《しゅげん》の法力《ほうりき》を誇示するのを認めることはできない。

「そうか。わかった」

と、長次《ちょうじ》はいった。

「帰って彦山房《ひこさんぼう》にそう伝えよう。だが、このあと厄介なことになるかもな。外道院は弱い者にはやさしいが、強くでる相手には、とことん残酷な男だ。覚悟しておけよ。きれいな女房が後家《ごけ》さんになるぞ」

長次はすいと影のように姿を消した。

長次がかえったあと、恵信《えしん》は無言のまま、親鸞《しんらん》をみつめた。

「変わった男だ」

と、親鸞は灯《ひ》のそばに坐《すわ》りなおしていった。

「わたしに、あす、外道院のところへこいという。いったいどういうことだろう」

「わたくし、ゲドインさまの行列と出会ったときから、なんとなく心配でした」

「そういえば、恵信どのは、あのとき行列を見にいくのが気がすすまぬ様子だったな」

恵信はうなずいた。

「わたくしにはわからないのです。外道院さまのことについて、この一年のあいだにいろんなことを耳にしました。もちろん、噂《うわさ》ばなしですけど」

役《えき》を終えるまで、ずっと役所の構内から外へでなかった親鸞とちがって、恵信はかなりあちこちへでかけている。

実家の畠《はたけ》の手伝いをして、野菜や果物などをもらってくることもあった。たのまれて市場に店をだしたりもする。また、子守や、病人の世話なども上手にした。

親鸞よりも、はるかに世間の事情に通じているのだ。

恵信は声をひそめて、

「外道院さまは、加持祈禱《かじきとう》を巧《たく》みになさいますとか」

「雨乞《あまご》いとか、疫病《えきびょう》をふせいだりするための行《ぎょう》だな」

「はい。その際に、生《い》け贄《にえ》としてさまざまな動物をお使いになるそうです」

わたくしはそのことが怖《こわ》くて、と、恵信は肩をすくめた。

「それに、神裁《しんさい》ということも、好んでなさるそうです」

「盟神探湯《くかたち》とか、そういうことか」

神裁《しんさい》というのは、訴訟《そしょう》の決着がつかないときに行われる神頼みの判定《はんてい》だ。盟神探湯《くかたち》も、その一つである。煮《に》えたぎる熱湯のなかに、訴《うった》えの双方の代表者が素手《すで》をさしいれ、火傷《やけど》の度合いがひどいほうを有罪とする。

また、鉄火裁《てっかさい》というやりかたも外道院《げどういん》は行うという。村落同士の争いが黒白つけがたいとき、外道院は当事者の代表に鉄火裁を命じることがある。

両者の代表が、火で真っ赤に灼《や》けた鉄の鍬《くわ》を、素手に受け、ながく握《にぎ》っていたほうが勝訴となるのだ。

そういう裁《さば》きかたはまちがっている、と親鸞《しんらん》は思う。

加持祈禱《かじきとう》の際に生《い》け贄《にえ》をささげるというやりかたも納得がいかない。

彼が京都にいたころも、陰陽師《おんみようじ》は大きな力をもっていた。

朝廷の行事や、貴族、公家《くげ》の日常の暮らしは、すべて吉凶の占いにそって行われる。一般の庶民たちもそうだった。

凶作が続いたり、疫病《えきびょう》がはやったり、天災が多かったりすると、盛大な祈禱の法会《ほうえ》が催された。

穢《けが》れを忌《い》む、という風習は、いまも根づよい。死人だけでなく、病人や、体の不自由な者さえも穢れとして恐れるのだ。

ことに女性《にょしょう》は、穢れ多きものとされてきた。出産も、月のものも、ともに穢れとしてあつかわれている。

「月の障《さわ》りのあるときに、寺社にもうでるのはさけるべきでしょうか」

と、吉水《よしみず》の草庵《そうあん》で法然上人《ほうねんしょうにん》に一人の女が問うたことがあった。ふだんの説法《せっぽう》の終わったあとである。

そのときの上人の明快な答えに、集まった人びとは、一瞬どよめいたものだった。

「いっこうに、かまいません」

微笑をたたえながらの言葉に、その女性が思わず涙したことを親鸞はおぼえている。

外道院は、世間の忌むところの穢れを恐れない。そこはすごい。だが、験《げん》の力や神秘的な法力《ほうりき》で世の人びとの心を左右しているのは、まちがっているのではないか。

「あすは、すこしあちこちを歩きまわってみようと思う」

と、親鸞はいった。

「どこへいかれるのですか」

恵信《えしん》は心配そうに、

「わたくしも、ご一緒に」

「いや、悪いが一人で気ままに歩いてみたい。六角《ろくかく》どのから頼まれている書きものの仕事は、夜にやればよいだろう」

「はい」

恵信はそれ以上いわなかった。

親鸞《しんらん》には、ある計画があったのだ。それを口にすれば、恵信は反対するだろう。

〈ここは黙って勝手にさせてもらおう〉

灯《ひ》がゆれた。そろそろ寝る時刻だった。

人買いの市で

翌日、親鸞は海ぞいの道を歩いていた。

空は晴れて、遠くの山々もくっきりと見える。

海は凪《な》いでいた。春の光をうけて、海の色もあかるい。

空気はさわやかで、みずみずしい。親鸞はたちどまって、大きく両手をひろげた。

胸いっぱいに越後《えちご》の春の空気をすいこむ。

ようやく一年の役《えき》があけたのだ。今後は、流人《るにん》の立場ではあるが、自立して生きていくことになる。

〈これからだ〉

と、あらためて思う。

四国へ流罪《るざい》がきまったとき、法然上人《ほうねんしょうにん》が親鸞につげた言葉が、心にまざまざとよみがえってきた。

〈わたしがいなくなったあと、決して仲間たちで集《つど》うでない。それぞれの道を歩んで各地へいき、文字をも知らぬ田舎の人びとに念仏《ねんぶつ》の心を伝えるがよい。そして念仏をひろめることにつとめるのだ。よいか〉

あのとき上人《しょうにん》は親鸞《しんらん》の目を見て、たしかにそういわれた。その日のことを、親鸞は決して忘れない。

いまもこうして法然《ほうねん》上人の言葉を思い返すと、おのずと胸が熱くなってくる。

〈自分はなんのために、この地へきたのか〉

と、親鸞は思う。

専修念仏《せんじゅねんぶつ》はいま、全国各地に次第にひろまりはじめている。しかし、本当の念仏の心は、決して正しく伝わってはいない。

法然上人から教えられた真の念仏を、この土地の人びとに語らなければならない。それを心に秘めて、この地へきたのだ。そして、そのためにこそ、流人《るにん》としての一年の役《えき》を忠実につとめたのではなかったか。

親鸞は大声で叫びたくなった。

〈みんな、わたしの言葉をきいてくれ!〉

それは決して伝道や布教《ふきょう》といったことではない。

法然上人が全生涯をかけて語った真実の言葉を、自分はそのまま人びとに手渡すだけのことである。

恵信《えしん》との幸せな暮らしに満足しているわけにはいかない。自分は、大きな役割をあたえられて、この地へやってきたのだ。

親鸞はうなずいた。

そうだ、まず外道院《げどういん》と会うことからはじめなければ。

しばらく歩くと、大きな川の河口にでた。直江《なおえ》の津《つ》とか、直江の浦とかよばれる湊《みなと》だろうか。

立派《りっぱ》な家や、蔵なども立ちならんでいる。岸にはたくさんの船が停泊していた。ゆきかう人びとの姿も、さまざまである。

親鸞は目をみはりながら通りを歩いた。

〈あれはなんだろう?〉

道からすこしはいった広場に、男たちが群れている。

笑い声や、かけ声などもきこえてきた。

親鸞は、思わず歩みをとめた。なにか見てはいけないものを見たような気がしたからである。

人垣《ひとがき》にとりかこまれて、商人《あきんど》のような男が口上をのべている。

その背後に、五、六人の男女がいた。どの顔も汚れ、疲れきった表情で、ぼろ屑《くず》のように地面にうずくまっている。

その中から一人の男が引ったてられて、人垣の中央に立たされた。

「よく働くぞ。年も若い。病《やまい》もない。掘りだしものだ。さあ、値をつけてみろ。稲でも、布でも、銭《ぜに》でもいい。どうだ」

商人のような男が大声でいった。立たされている若者の尻《しり》を竹の棒でぴしゃぴしゃ叩《たた》く。

「おもしろいかね」

と、突然、親鸞《しんらん》の背後で声がした。ふり返ると、早耳《はやみみ》の長次《ちょうじ》が笑顔で立っている。

「今朝からずっと様子を見張ってたのさ。思ったとおりに、やってきたな」

「わたしの後をつけていたのか」

「ゆうべはあんなふうに外道院《げどういん》の招きを断ったが、たぶんあれは女房の手前、格好つけただけだと思ったんでね。案内するぜ」

「あの男たちは、なにをしてるのだろう」

「下人《げにん》の競《せ》りだよ。はじめて見たのか」

「下人の競り、だと？」

「あの商人連中は人買い稼業だ。男や女を安く買って、高く売る。未進《みしん》、つまり年貢がはらえなくなったり、借金がかさむと家族や本人が身売りするしかない。都《みやこ》のほうじゃ気取って奴婢《ぬひ》とかいうそうだが、牛や馬とおなじ身分になる。それが下人だ。それくらいのことは知ってるだろう」

下人のことは、親鸞も知ってはいた。大きな寺や、ひとかどの家には下人がいる。しかし、下人を売り買いする場を見たのは、はじめてだった。

「なにをつっ立っている。見世物じゃないぞ。さあ、おいらについてきな」

長次はさっさと歩きだした。親鸞は何度もうしろをふり返りながら長次の後をついていく。腹のなかで熱く煮《に》えたぎるものがある。えたいの知れない怒りだった。

川にそって、しばらく歩いた。

やがて川が大きく湾曲《わんきょく》するあたりに、ひろびろとした河原が見えてきた。

「どうだ。豪勢なもんだろう。あれが外道院のご領地だ」

河原に数十軒の小屋が、ずらりと立ちならんでいる。白い煙もあがっている。ゆきかう人びとの姿も見える。

そのまんなかに巨大な廃船《はいせん》が、座礁《ざしょう》したかのように堂々とのりあげていた。

「あの船は、むかし蝦夷《えぞ》や高麗《こうらい》まで荷をつんで行き来してたらしい。嵐《あらし》で湊《みなと》にうちあげられたのを、引っぱってきたんだと。いまじゃ、あれが外道院《げどういん》の城だ」

春の日ざしのなかに、立ちならぶ小屋と廃船《はいせん》は、夢の景色のようにうららかに見えた。

河原の石ころの上を、長次《ちょうじ》はひょいひょいと身軽《みがる》にすすんでいく。

「あれを見ろよ」

と、長次が指さしていう。川ぞいに、石を積みあげた露天の池がある。白い湯煙があがり、裸の人影が見えた。

「川水をためておいて、火で灼《や》いた石をほうりこむと、けっこうな湯になる。年寄りや病人には、極楽らしいぜ」

立ちならぶ小屋は、どれも木と竹でできていて、石の土台の上にのせられていた。

「大雨で川の水がふえると、小屋ごとかついで避難するのさ」

小屋のなかにも、そのまわりにも、人がひしめきあっていた。数日前に海ぞいの道の辻《つじ》で見た一行だ。

長次は、すれちがう男や女に、気軽に声をかけながら廃船のそばまでいくと、

「いちおういっておくが、外道院というのは守護《しゅご》や地頭《じとう》でも、なかなか直《じか》には会えな

い生き仏だぞ。彦山房《ひこさんぼう》の口ぞえがあればこそ、あんたのような流人《るにん》にもお目どおりがかなうんだ。そのことを忘れるなよ」

「会いたいといってきたのは、むこうだろう」

と、親鸞《しんらん》はいった。

「わたしが頼んだわけではない」

「まあ、いいさ。会ってからが楽しみだぜ」

ここから中へはいるのだ、と長次が顎《あご》をしゃくった。

まぢかで見ると、おどろくほどの巨船である。かつて蝦夷地や高麗までかよった船とあれば当然だろう。

船尾の舵《かじ》のうしろに、ぽっかりと大きな穴があった。そこから木の階段が上へつづいている。

長次は勝手知った様子で、すばやく階段をあがっていく。親鸞も頭をぶつけないように気づかいながら、長次のあとを追った。

船内は迷路のように入り組んでいる。いくつもの部屋があり、多くの男や女が寝ていた。側面の窓の外には川がながれ、冷たい風が吹きこんでくる。

二層か三層の船室をとおりぬけると、突然、あかるい空が見えた。船の舳先《へさき》にでたのだ。

目の前にひろびろと河原がつづく。はるかかなたには雪の山もそびえている。

「きたか」

と、声がした。ふり返ると折れた帆柱《ほばしら》のところに、彦山房《ひこさんぼう》の姿があった。

「外道院《げどういん》さまも、お待ちになっておられる」

彦山房の視線の先に、うっそりと背中をむけて坐《すわ》っている男がいる。

日が照っているのに、その人物はなぜか暗い影を背おっているように見えた。

ふり返った顔は、まぎれもなく四日前にはじめて目にした外道院金剛《こんごう》その人だ。

「禿《とく》、親鸞《しんらん》と申します」

親鸞は軽く一礼していった。外道院がうなずいた。

彼はそのまま無言で、暗い穴のように翳《かげ》った目で、じっと親鸞をみつめている。

〈どこかで見たことがある——〉

親鸞は頭の奥で、古い記憶をまさぐった。

〈そうだ。幼いころ都《みやこ》の辻《つじ》で見た牛頭王丸《ごずおうまる》の、あの目だ〉

天下の逸物《いつぶつ》とうたわれた悪牛《あくぎゅう》、牛頭王丸の暗くよどんだ目の色だ、と親鸞は思った。

外道院の唇がうごいた。錆《さ》びた鉄をこすりあわせるような耳ざわりな声がひびいた。

「おまえの腹のなかに、煮《に》えたぎっている憤怒《ふんぬ》が見える。なにをそのように、怒っているのだ」

「ここへくる途中、人が人を売っている光景を見たのです」

と、親鸞はいった。思わず大声になっていた。

外道院がたちあがった。

「どこでだ？」

「湊《みなと》の近くです」

と、横から長次《ちょうじ》がいう。

彦山房、と、外道院が大声で呼んだ。

「はい」

「いけ！　すぐに」

彦山房がうなずいた。外道院がいった。

「おれが河原にいるあいだは、この地で人買いは許《ゆる》さない。それを知っていながらやるというのは、たぶん罠《わな》だろう。腕のたつ者をつれていけ」

「承知《しょうち》」

彦山房《ひこさんぼう》は身をひるがえして階段をかけおりた。

「わたしもいきます」

親鸞《しんらん》は外道院《げどういん》に会釈《えしゃく》して、すばやく彦山房のあとを追った。長次《ちょうじ》も舌うちしながら、親鸞につづく。

「待ってるぞ、親鸞」

と、背後で外道院の声がきこえた。

船外にでると、すでに白覆面《しろふくめん》をした大男をつれて、彦山房が川ぞいの道を走っている。

親鸞はその覆面の男に見おぼえがあった。あの日、行列につきそって、勧進《かんじん》をすすめる説法《せっぽう》をした大男だ。

親鸞も長次とともに、衣《ころも》をひるがえしながら駆けた。やがて追いついて、一緒に走る。

「なんだい、こりゃ」

と、長次が息をきらせながらいう。

「外道院とご対面して、丁々発止《ちょうちょうはっし》の法論《ほうろん》でもはじまるのかと思ってたら、いきなりこれだ。先がよめねえんだよ、ったく、もう」

　やがて人通りがふえてくる。いくつか辻《つじ》をまがり、さきほどの広場へ、親鸞と長次が先導して駆けこんだ。

　広場に群《む》れる人垣《ひとがき》の数はさらに増えていた。
　十四、五歳くらいの少女が中央に立たされて、泣きじゃくっている。競《せ》りの商人《あきんど》が大声でわめく。
「ピカピカの生娘《きむすめ》だ。煮《に》て食おうと焼いて食おうと、買ったもんの勝手だぞ。さあ、いくらだす」

　彦山房が目くばせした。人垣をおしのけて白覆面の大男が商人の前に割りこんだ。

「やめろ！」

　と、あたりを圧する大音声《だいおんじょう》で彼はいった。

「外道院さまお膝元《ひざもと》での人買いはならぬ。その者たちは、われらが引きとる。わたせ」

　競りをやっていた商人が、一瞬ぽかんと口をあけ、それから背後の仲間の男たちにむかって薄笑いをうかべた。

「どうやらおいでなすったようだな。このへんでわしらは、お役目、交替《こうたい》としようぜ」

人垣がくずれた。

輪をつくっていた見物人や客たちが、何かを期待するかのような表情で後ずさりする。

商人たちが売り場の男女たちを引ったてて広場の土塀のうしろに身をひそめた。それと入れちがいに、三人の男が土塀の陰から姿をあらわした。

「あとは頼みますぜ、先生」

商人に先生と呼ばれたのは、総髪の痩《や》せた男である。肩幅はあるが、顔色がわるく、目だけが鋭い。

彼は懐《ふところ》に手をいれたまま、じっと彦山房《ひこさんぼう》をみつめている。

妙に身なりのいい若い男が、いちばんうしろにいた。どうやら身分のある若者らしい。護衛《ごえい》役とおぼしき髭《ひげ》もじゃの巨漢が、かばうようによりそっている。

「外道院《げどういん》の手の者だな」

と、その若い男が甲高《かんだか》い声でいった。

「われらは守護代《しゅごだい》、戸倉兵衛《とくらひょうえ》の身内の者だ。この商人たちの仕事は、ちゃんとわれらの許しをうけてのこと。非人乞食《ひにんこつじき》の総領である外道院などが口をはさむことではない」

「わかっておる」

彦山房がいった。

「そなたが戸倉の次男坊か。親父の威光をかさにきて、小生意気な餓鬼《がき》だと噂《うわさ》はきいていたが、なるほどのう」

若者の顔に、さっと血の色がさした。横の巨漢を肘《ひじ》でこづいて、目で合図をする。

それを見て、白覆面《しろふくめん》の大男も、一歩前へでた。

それぞれ身の丈《たけ》六尺にちかい大男だ。周囲の見物人たちからどよめきの声がおこる。

叫び声とともに両者が猛牛のように突進して、がっぷり組みあったと見えた瞬間、覆面の布が鋭くほどけて宙に舞った。

まるで白い大蛇のように波うつ布が、相手の男の首にからみつき、ぐいぐいと絞めつける。巨漢の顔が朱にそまり、棒立ちになった。舌をだして、苦悶《くもん》の声をあげる。

髭もじゃの男は大木が倒れるように、どうと崩れおちた。

「やるじゃねえか」

と、長次《ちょうじ》がいった。

「力と力の勝負かと思えば、技《わざ》できめたか」

「先生——」

と、戸倉《とくら》の次男という若い男が歯ぎしりしながらいう。

「どうやら、先生の出番でしょう」

先生、とよばれた男がゆっくりと前へでてきた。顔色の悪い総髪の男である。頬骨《ほおぼね》がとがり、目はおちくぼんでいる。片手を口にあてて、しきりにこもった咳《せき》をする。ぺっ、と唾《つば》をはくと、赤い色が見えた。

〈この男、労咳《ろうがい》を病《や》んでいる〉

親鸞《しんらん》はなぜかそう思った。

ほどいた覆面《ふくめん》の白布をかかげた大男が、ゆるゆると頭上で布を回しはじめた。覆面をはずしたあとの大男の顔は、意外なほど凛々《りり》しく、若い。

先生とよばれた男が、無言で接近する。構えもなければ、気合もなかった。

一瞬、男の体がふわりと宙に浮くと、びしっと固い木を折るような鈍《にぶ》い音がした。まばたきをするまもなかった。覆面の布を高くかかげた大男の右腕の下の胴《どう》に、痩《や》せた男の足がふかぶかとめりこんだのだ。

大男がうめき声をあげて、朽木《くちき》のように倒れた。

「つぎは？」

と、先生とよばれた男は咳をしながら面倒くさそうにいった。

「わたしが相手になる」

そういってしまってから、親鸞はまずい、と思った。

自分のような者がでる幕ではない。

そうわかっていても、口と体が勝手にうごいてしまっていた。

親鸞には、さきほどこの場所で、下人《げにん》の競《せ》りを他人《ひと》ごとのように見すごした自分が許せなかったのだ。

一撃で白覆面の男を倒した腕前からすると、さぞかし名のある武芸の巧者《こうしゃ》だろう。比叡山《ひえいざん》の山法師《やまほうし》相手の喧嘩《けんか》とは、わけがちがう。

「ばかにつける薬はねえって、本当だぜ」

と、背後で長次《ちょうじ》がため息をついた。

〈しかたがない〉

親鸞は先生とよばれた男の前に、無造作《むぞうさ》にちかづいた。息をととのえて自然にたちどまると、両手をあわせ、声にだして念仏する。

「南無阿弥陀仏《なむあみだぶつ》。南無阿弥陀仏――」

愚弄《ぐろう》されたと思ったのか、総髪の男の目がぎらりと光った。キリキリと歯で唇をかみしめ、こぶしを固めて、体を弓のようにしならせる。

とりかこんだ人びとは、息をとめてつぎの瞬間を待った。あの若い大男が一撃で倒されたのだ。さえない中年男など、声もなく殺《や》られるだろう。

そのとき、ゴボッ、と奇妙な音がした。
二、三度、体を痙攣《けいれん》させると、総髪の男は引きつったように片手で口をおさえた。ふたたびゴボッと音がしたとたん、不意に彼の指のあいだから、赤い血が噴《ふ》きだすようにとび散った。
「どうされました、先生！」

背後から若い男が叫んだ。親鸞《しんらん》はあっけにとられて血を吐く男を見た。彼は膝《ひざ》をつき、ゴボッ、ゴボッと口から驚くほど大量の血を吐いている。そのうち、ゆっくりと地面につっぷした。

まわりをとりかこんだ人びとは、つかのましんと静まり返り、やがて大きくざわめいた。

「念力《ねんりき》だ！　念仏ひとつであの武芸者をたおしなさったぞ！」

「ナマンダブ、ナマンダブ。ああ、おそろしや」

彦山房《ひこさんぼう》と長次《ちょうじ》が、手早く土塀のうしろに捕らわれていた男女を引きだした。

「この者たちは、われらがあずかる。異存《いぞん》があれば、河原へくるがよい」

彦山房が顔色を失った若者にいった。

「お父上の守護代《しゅごだい》どのに、よしなに」

長次が呆《あき》れたように首をふった。

「いったい、なんだこりゃ」

「あわれなことだ」

と、親鸞は血の中にうずくまる男を見やっていう。

「労咳《ろうがい》も、あそこまでひどくなれば、とても助かるまい」

いくぞ、と長次が背中をおした。

白覆面《しろふくめん》の布を手にした大男も、よろめきながら歩きだした。

見送る人びとのあいだから、不意に念仏の声がわきあがった。合掌して親鸞をおがむ者もいた。

〈ちがう。これはちがう。こうなったのは、わたしの念仏のせいではない。重い労咳を病《や》んだ相手が勝手に喀血《かっけつ》して倒れただけだ〉

納得できない気持ちのままに、親鸞は彦山房のあとをおって河原へいそいだ。

「トクさん、すげえ念力じゃねえか。見直したぜ。外道院《げどういん》が会いたがるわけだ」

長次《ちょうじ》が横から昂奮《こうふん》気味に親鸞《しんらん》の肩をたたいた。

「ちがう。念仏とは——」

「トクさん、おいらを弟子にしてくんねえかな。山伏《やまぶし》は修行が大変らしいが、念仏ってのは、ただ声にだしてとなえりゃいいんだろ。おいらもちゃんと念仏すっからよ」

「むこうが勝手に発作をおこして——」

「いや、いや、謙遜《けんそん》するなってことよ。それにしても、たいしたもんだぜ、念仏ってのは」

河原が見えてきた。

さっきより一段と人影が多い。なにやら歌声もきこえてくる。川の水が春の日ざしをうけてきらきらと流れている。どこかで牛の鳴き声がした。

裸身《らしん》の観音

親鸞《しんらん》は外道院金剛《げどういんこんごう》と対面してすわっている。

河原にのりあげた巨船の一室だった。

天井はひくいが、舷《ふなばた》の窓から気持ちのいい風が吹きこんでくる。

外道院は腰に白布を巻きつけただけの裸の姿で、頬杖《ほおづえ》をついて床《ゆか》に寝そべっていた。

銅色の上体には、うろこのような凹凸《おうとつ》があり、黒々と体毛が密生している。まるでうずくまった熊のようだ。額の㊦の焼き印の跡がみにくい。

親鸞は正座している。

外道院のうしろに彦山房《ひこさんぼう》がいた。彼は薬湯《やくとう》にひたした布で、外道院の体を丁寧《ていねい》にぬぐいながら、小声でなにかをとなえている。

この河原をはじめて訪れた日から、いったい何日たっただろう、と親鸞は思った。

〈四日だ。いつのまにか日がすぎてしまった〉

直江《なおえ》の津《つ》で人買いたちとあらそったときのことが、遠いむかしのように感じられる。その日からきょうまで、外道院《げどういん》は親鸞《しんらん》を船内にとどめたまま、どうしても帰そうとはしないのだった。つねに白覆面《しろふくめん》の大男が見張っていて、思うように動けない。

「食うか」

と、外道院がいった。

彼は自分の前におかれた大皿を、片手で親鸞のほうへおしやった。その皿の上には、つやつやと光沢をおびた生の臓物《ぞうもつ》が盛ってある。

「いただきます」

親鸞は皿の上の臓物を指でつまんで、口にいれた。こりこりと、新鮮な歯ごたえがある。

「とんでもない破戒坊主《はかいぼうず》だ」

と、外道院が笑った。

「だがな、おれは、おまえのそういうところが好きなんだよ」

「いつわたしを帰してくれるのですか」

「ずっといろ、ここに」

と、外道院はうれしそうにいった。

「おれはおまえが気に入ってるんだ。だから、帰さない」

「わたしには、妻がいます。四日も音沙汰《おとさた》なしで、さぞ心配していることでしょう」

ふん、と外道院は鼻で笑った。親鸞はいった。

「あなたには彦山房《ひこさんぼう》どのがおられるではありませんか」

「この彦山房はな」

と、外道院は背後を指さしていう。

「智恵《ちえ》はあるが、困ったことに、徳がない。おまえには、それがある」

「わたしには徳などありません」

親鸞は首をふった。

外道院という人物のことが、彼にはまったく理解できないのだ。しかし、理解はできないが、共感するところがいくつもあるのは事実である。

下人《げにん》の競《せ》りが行われているときいて、即座に、

「いけ！　すぐに」

と命じた小気味《こきみ》いいほどの反応には、感動しないわけにはいかない。それにくらべて自分はただくよくよ悩んでいただけではないか。

〈外道院《げどういん》は、まるで大きな童《わらわ》だ〉

きのうも親鸞《しんらん》が家へ帰りたいと強固《きょうこ》にいいはったとき、外道院はかなしそうな顔で、

「おれが嫌いか」

と、きいた。

「いいえ」

「じゃ、そばにいろ。どうしても帰るというんなら、殺す」

それがおどしでないことは、親鸞にもわかる。あくまでも帰るとがんばれば、外道院の目くばせひとつで、白覆面《しろふくめん》の男は親鸞の首をへし折るだろう。その気配《けはい》を感じて、居残ったのだった。

恵信《えしん》のほうには、たぶん早耳《はやみみ》の長次《ちょうじ》から事情が伝わっているにちがいない。

〈それにしても、なぜ外道院はこうまで自分をそばにおいておこうとするのか〉

「おれには彦山房《ひこさんぼう》がいる、といったな」

と、外道院がそんな親鸞の心のうちを見すかしたようにいった。

「こいつは、おれの半身《はんしん》なんだよ。いや、全身かもしれん。おれは、ほんとは馬鹿なんだ。智恵《ちえ》もなければ、学もない。ぜんぶこの男がお膳立《ぜんだ》てして、おれは人形みたい

に踊っているだけさ。彦山房は天下一の傀儡師《くぐつし》だ。しかし、残念なことに、徳がない」

「徳はありませぬが、愛があります」

愛、という意外な言葉をきいて、親鸞はびっくりした。愛、とは？

「そうだな。それはわかる」

と、外道院が彦山房の膝《ひざ》を手でなでながらいう。

その声にはふしぎなやさしさがあった。

「こやつは、むかし疱瘡《ほうそう》にかかってな」

村はずれの山中に捨てられて、死をまつばかりだったという。それを修行中の自分がひろって山につれて帰ったのだ、と外道院はいった。

彦山房が顔をあげて、親鸞をみつめた。

「親鸞どの」

と、彼はしずかな口調でいった。

「外道院さまは、そのとき全身を瘡《そう》におおわれたわたしを、素肌で抱いて看病してくださったのだ。外道院さまにも疱瘡はうつったが、やがて奇蹟《きせき》がおこった。ふたりとも、なんと半月ほどで完治したのだ」

彦山房《ひこさんぼう》の頰《ほお》にうっすらと瘡《そう》の痕《あと》がうきあがった。彼は言葉をつづけた。

「このかたは、不思議な験力《げんりき》を身につけていらっしゃる。わたしはそのときから、外《げ》道院《どういん》さまを、わが仏として帰命《きみよう》してきた。このかたのためなら、親をも殺す。子も殺す。他の神仏を傷つけることもいとわぬ。おわかりかな、親鸞《しんらん》どの。愛、とはそういうことだ」

親鸞はだまって心の中でうなずいた。このふたりのあいだにあるものが、少しわかったような気がした。

「そんな話は、もうやめろ」

と、外道院がだだっ子のようにいった。

「おれは、学問の話がききたい。おれは無学な男だから、他人がそういう話をするのを横できくのが好きなんだよ」

彦山房が苦笑して、

「では、おおせのとおりにいたしましょう」

彼は薬湯《やくとう》にひたした布をしぼって台におき、薄い唇に微笑をうかべて親鸞をみつめた。

「六角《ろくかく》どのからおききしたのだが――」

そなたは幼いころ、伯父の日野宗業《ひののむねなり》から学問の手ほどきをうけたそうだな、と彦山房はいった。

「はい。九歳で仏門に入る前のみじかい時間でございましたが」

「まず、四書五経《ししょごきょう》を学ばれたのか」

「そうです」

「わたしは占《うらな》いをする。易占《えきせん》をこととする者は、まず『易経《えききょう》』を学ばねばならぬ。親鸞どのも、『易経』は読まれたであろうな」

「師の講釈《こうしゃく》を、居眠りしながらきいているだけでございました」

四書とは、いうまでもなく『論語《ろんご》』、『大学《だいがく》』、『中庸《ちゅうよう》』、『孟子《もうし》』、のことである。これに対して、『易経』、『書経《しょきょう》』、『詩経《しきょう》』、『礼記《らいき》』、『春秋《しゅんじゅう》』の五書を五経という。

「聞くところによると、ちかごろの陰陽師《おんみょうじ》や易占家《えきせんか》は、ほとんど『易経』を学ばぬという。それはなぜであろうか」

彦山房の問いに、親鸞はすぐに答えなかった。外道院が横からじれったそうに、

「どうした、親鸞」

外道院はおきあがって体をのりだした。興味津々《きょうみしんしん》たる表情で、親鸞の答えをまっている。

〈彦山房《ひこさんぼう》に問答をしかけられている――〉

と、親鸞《しんらん》は思った。

問答とは、単なる言葉のやりとりではない。官僧であろうが野の聖《ひじり》であろうが、それは論を刃《やいば》とする決闘のようなものだ。

古くは天竺《てんじく》、唐土《もろこし》でも、問答にやぶれた者は、即座に相手の弟子になった。そうでなければ、逃散《ちょうさん》して二度とその地をふまなかったという。

「ん？」

と、外道院《げどういん》が眉《まゆ》をひそめて親鸞の顔をみた。このまま親鸞が答えることができなければ、

「こいつを殺せ」

と、白覆面《しろふくめん》の男に命じるかもしれない。

「最近の陰陽師《おんみょうじ》や易占家《えきせんか》が、あまり『易経《えききょう》』を学ばぬのはなぜか、と、おたずねですね」

と、親鸞はおもい口をひらいていった。

「そうだ」

彦山房がうなずく。

親鸞は目をとじて、しばらく口の中で何かをぶつぶつとつぶやき、そしていった。

「それはたしか『論語』に、こういう文章があったからではないでしょうか」

親鸞は、指で宙《ちゅう》にすばやく、

「五十以学易可以無大過矣」

と書いた。彦山房が打てばひびくようにそれを声にだして読んだ。

「五十にしてもって易《えき》を学べば、もって大過《たいか》なかるべし――」

親鸞はうなずいた。外道院がうれしそうに手をうった。

「いいぞ、彦山房」

親鸞は言葉を嚙《か》むように、ゆっくりりという。

「いま彦山房どのが読まれたように世間では解《かい》しております。つまり、『易経』を学ぶのは五十歳になってからにすべきだ、と」

彦山房が腕組みして目をとじた。親鸞はつづけた。

「なにしろ孔子《こうし》さまがそうおっしゃったというわけで、最近の学生《がくしょう》も、成人《せいじん》も、なかなか『易経』を手にとろうとはしません。そのうち五十になれば、もう勉学など縁《えん》がなくなって、ついそのままなおざりになってしまうのでしょう。でも、それは原文の誤読《ごどく》ではないでしょうか」

「わたしの読みかたが、まちがっているというのか」

彦山房《ひこさんぼう》が低い声でいった。

「かならずしも、まちがっている、とは申しておりません。『論語』を教える学者たちは、ふつうはそのように読ませているようです。しかし」

と、親鸞《しんらん》はいった。

「わたしに学問の手ほどきをしてくれた伯父の日野宗業《ひののむねなり》は、すこしちがう解しかたをいたしておりました」

「ほう」

「易を学べば、の『易』を、『易経《えききょう》』の易とは解せずに、『易《また》』というふうに読んでおったのです。つまり、五十にしてもって学べば、またもって大過《たいか》なかるべし、と」

「易もって大過なかるべし、か。ふーむ」

彦山房は天井を見あげて、うなずいた。

「なるほど。そう読めば、なにも五十前に『易経』を学ぶことを、いささかもためらう必要はないことになる。それどころか、いつでも学ぶことを忘れるな、と」

「はい。わたしはそう思います」

外道院《げどういん》が横で手をうっていう。

「おもしろい。おれは剣の試合よりも、こういう偉そうなやりとりをはたで聞くのが、大好きなんだよ」

「ところで――」

と、彦山房が、さりげない口調できいた。

「親鸞どのの伯父上は、あの以仁王《もちひとおう》の学問の師でもあられたとか」

「はい」

なにをいいだすのか、と親鸞は思った。

以仁王というのは、後白河《ごしらかわ》天皇の第三皇子《おうじ》である。親鸞が幼いころ、平家討伐を企《くわだ》てて惨敗《ざんぱい》し、あえなく討ち死にした人物だ。

〈この男は、なんでも知っている〉

うっすらと瘡《そう》の痕《あと》のうかんだ彦山房の顔を見て、親鸞はえたいのしれないおそろしさを感じた。

そういえば、と不意に外道院がからかうような口調でいう。

「親鸞、いまおまえのことが世間で大した評判になっているのを、知っているか」

「わたしのことが？　評判とはいったいどういうことでしょう」

「このゲドインさまよりも、はるかにすごい念力《ねんりき》の持ち主だとな」

外道院《げどういん》はおもしろそうに笑った。

「念力？　いったいだれがそんな話を――」

「この河原でも、みながさかんに噂《うわさ》しあっている。念仏ひとつで高名な武芸者を倒した、とな」

と、彦山房《ひこさんぼう》がいった。

「とんでもないことです」

と、親鸞《しんらん》は首をふった。

「念仏とは、呪《しゅ》ではない。願《がん》かけでもありません。となえただけで人を倒すような、そんな怪《あや》しげなものではないのです」

「そうか」

外道院がいった。

「ではきくが、守護《しゅご》代《だい》の息子が高い銭《ぜに》をはらってやとった武芸者が、なぜ突然おまえの前で血を吐いて倒れたのだ」

「それは――、つまり、偶然に病《やまい》の発作がおきたのでしょう」

「ちがう」

外道院が皮肉な笑みをうかべていう。

「この世に偶然などというものはない。彦山房、見せてやれ」

「はい」

彦山房がたちあがって、壁際の木の扉《とびら》をあけた。空洞になっている棚の奥に、一枚の絵がかけられている。その前に赤い皿があり、なにか奇妙なものがのせられていた。

親鸞が目をこらして見ると、それはとさかのついた鶏《にわとり》の首だった。赤い皿と思われたのは、そこにこびりついている血だまりである。親鸞は息をのんだ。

「これは――」

「おまえも比叡山《ひえいざん》にいたことがあるなら、そこにかかっているのが五大明王図《ごだいみょうおうず》であることぐらいは、わかるだろう。あのとき、おれはそのなかの軍荼利明王《ぐんだりみょうおう》を選んで祈ったのだ」

外道院はいった。

「おまえたちを送りだしたあと、おれはすぐに怨敵調伏《おんてきちょうぶく》の呪法《しゅほう》をおこなったのだぞ」

外道院は腕をのばして、バシッと指をならした。

「おれが人買いを禁じているのを承知で、やつらが人を売ってみせたのは、守護代からこの外道院への果《は》たし状さ。わざと喧嘩《けんか》を売って、攻める理由をつくろうとしたのだ。あのときおれが、罠《わな》だろう、といったのは、そういう意味よ。守護代《しゅごだい》の戸倉《とくら》は、どうやらこっちが目ざわりでしかたがないらしい」

彦山房《ひこさんぼう》がうなずいていう。

「われらが郡司《ぐんじ》と結んでいることが、気にいらないのでございましょう。鎌倉からきたばかりのあの守護代は、自分があまり領地をもたないものですから、郡司が差配《さはい》している川・沼・河原の管理の権利をとりあげたくてうずうずしているのです」

親鸞《しんらん》は混乱して、ため息をついた。

先生とよばれたあの武芸者が、自分の前で不意に、血を吐いてたおれたのは、じつは外道院《げどういん》の呪《しゅ》のせいだったのか。

〈そんなはずはない〉

すかさず外道院が、親鸞の心を見すかしたようにいう。

「おまえは、おれの験力《げんりき》をうたがっているな。しかし、おれには不思議な力がそなわっているのだ。陰陽師《おんみょうじ》のころも、占《うらな》うことすべてが当たった。天文、日どり、吉凶、方位、望気《ぼうき》、なにもかもだ。ことに怨敵《おんてき》の呪詛調伏《じゅそちょうぶく》の祈禱《きとう》にかけては、ならぶもののない力を発揮した。そうだな、彦山房」

彦山房はかるく頭をさげて、

「はい。ですから外道院さまには、あのときも直江《なおえ》の津《つ》の広場で、われらが守護代の手下と争っていた光景が、いながらにして見えておられたはずです」

外道院は顎《あご》の髭《ひげ》を手でなでながら、

「そうだ。手にとるようにな。あの武芸者は、おれが呪でたおしたのだ。親鸞、おまえの念仏の力ではないぞ」

外道院は、いたずらっぽい口調でつづけた。

「しかし、このことは黙っておく。親鸞という男は、すごい念力《ねんりき》をもった男だとみなに信じこませておいたほうがおもしろいからな」

「わたしを帰してください」

と、親鸞はつよい口調でいった。

「そもそも、なんのためにわたしをよんだのですか」

外道院が声をあげて笑った。

「どんなやつか、この目でたしかめてみたかっただけさ」

「もう、おわかりになったでしょう。わたしは帰ります」

「おまえ、おれが嫌いか」

外道院はじっと暗い目で親鸞をみつめた。

「おれは、おまえが好きなんだぞ」

「もう何日も家に帰っていません。妻がさぞ心配していることでしょう」

「だったら、ここへよべばいい」

わたしはあなたの手下《てした》ではない、と、親鸞《しんらん》はいってたちあがった。外道院《げどういん》の表情がさっと変わった。彼は部屋の入口にひかえている白覆面《しろふくめん》の大男に、無言で指をならした。男がうなずいて、入口をふさいだ。

そのとき、階段をのぼってくる足音がした。姿を見せたのは、長次《ちょうじ》だった。彼は挑むように外道院につげた。

「こいつの女房がきてます」

彦山房《ひこさんぼう》が眉《まゆ》をひそめて、とがめるように長次にきく。

「そなたがつれてきたのか」

「いいえ。勝手にやってきたんで」

彦山房が外道院の顔を見た。

ここへ通せ、と外道院がいった。

「おれは女は嫌いだ。だが、会ってみよう」

長次がすばやく姿を消すと、やがて恵信《えしん》をうしろにしたがえてあらわれた。

「この女です」

「恵信どの」

親鸞は思わずかけよって、恵信の肩をつかんだ。恵信の目には、いつもになくつよい光がゆれている。

「そなた、なぜ、ここへ」

「親鸞さまを、お迎えに」

外道院が顔をしかめた。彦山房が目顔で二人に坐《すわ》るようにすすめた。外道院は顔をそむけながら、不快そうに横目で恵信を見ている。

彦山房がせきばらいして、

「そなたの名は？」

「恵信と申します」

「なにをしにここへきた」

「夫《おっと》の身を案じてまいりました」

恵信は、きっぱりといった。

「家をでて、もう四日になります。ご用がおすみでしたら、この人をお帰しください」

「おれは女が嫌いだ」

と、外道院《げどういん》が口をゆがめていう。

「親鸞《しんらん》、おまえは女が好きか」

「はい」

「破戒坊主め。おまえが流刑《るけい》になったのは、僧の身で公然と妻帯《さいたい》したからだろう。ちがうか」

親鸞はこたえなかった。

「そうか」

と、外道院はいった。

「そんなに女房のところへ帰りたいのか。よし、では帰してやろう。ただし、条件がある。おい、女、恵信《えしん》とかいったな」

「はい」

「おまえ、身を捨ててでも夫《おっと》をつれ帰りたいか。そこまでの覚悟はあるのか。どうだ」

恵信は一瞬、ちらと親鸞を見た。そして外道院にむかって静かにうなずいた。

「覚悟はございます。それで、なにをすればよろしいのでしょうか」

「身を捨てる気なら、なんでもできるだろう」

外道院はたちあがった。

「おれについてこい」

白い布を体にまきつけただけの外道院は、先頭にたって部屋をでた。彦山房《ひこさんぼう》、早耳《はやみみ》の長次《ちょうじ》、そして親鸞と恵信がその後につづいた。白覆面《しろふくめん》の男が殿《しんがり》にいる。

階段をおり、迷路のような船内をぬけると、船尾の出口から外へでた。

河原にはかすかにたそがれの気配がただよっている。食べものを煮《に》る匂いも流れてきた。

「これを見ろ」

と、外道院がふり返って親鸞にいう。

「世間では、河原百軒《かわらひゃっけん》、などという。まだ百軒はないが、やがては千軒になるかもしれん。老人、病者《びょうしゃ》、物乞《ものご》い、下人《げにん》、めしいたる者、手足の不自由な者たち、雑芸人、遊び女《め》、博奕《ばくえき》の徒、神人《じにん》、非人《ひにん》から、罪人まで、世に疎《うと》まれる者たちが助けあってここに暮らしているのだ。なかには長次のような偽商人《にせあきんど》もいる。職人たちもいる。だが、人買いはいない」

「おいらは、ちゃんとした薬師です」

長次《ちょうじ》の言葉を鼻で笑って、外道院《げどういん》は河原をすすんでいった。すれちがう男や女たちはみな、畏敬《いけい》の念を顔にうかべて頭をさげる。

「おお、ゲドエンさま」

と、ひざまずいて手をあわせる老人たちもいた。

突然、ざわめきがおこった。さきほどから外道院の一行を遠まきにして眺めていた群れのなかから、一人の男が叫んだのだ。

「あっ、あのかただ！　あのかたが人買いの用心棒を、念仏ひとつで打ち倒しなった。ほんとだぞ」

「どのかただ」

「ほら、あのきれいな女の人の横にいるかただ。何十人もの侍《さむらい》たちを、念力《ねんりき》で一気にやっつけなったとか」

「おそろしい念仏だなあ」

「なまんだぶ、なまんだぶ」

みながいっせいに念仏をとなえて親鸞《しんらん》にむかって合掌する。

その声をききつけたらしく、外道院は親鸞をふり返って、皮肉な笑みをうかべた。

「噂《うわさ》は千里を走るというが、ほんとうだな。親鸞、生き仏になった気分はどうだ」

親鸞は大きなため息をついた。大声で叫びたい気持ちだった。

〈なにかが、まちがっている。念仏とはそういうものではない！〉

外道院が足をとめた。

「これを見ろ」

川の流れのすぐ横に、もうもうと白い煙がたちのぼっている。

そこにつくられているのは、露天の風呂《ふろ》だった。

川の流れのすぐ横に石積みの池があり、湯煙が揺れている。十人もはいれば一杯になりそうな広さだが、しっかりした湯ぶねだった。

川からの水路から、たえず新しい水が流れこんでいるようだ。

「どうだい、すげえだろう」

と、長次がわがことのように自慢げにいう。

「このなかに、火で焼いたごろた石をほうりこむのさ。たちまち天然の温泉のできあがりだ。河原湯《かわらとう》につかって、川風に吹かれてると、この世の極楽らしいぜ」

河原のあちこちで火が燃えていた。汗だくになってふいごにとりついている男たちや、赤くやけた鉄を打つ職人の姿も見える。

「動ける者は、働かせる。野鍛冶《のかじ》の手伝いは大変だが、ここでつくられる鍬《くわ》や鎌《かま》はよく売れるのだ」

と、彦山房《ひこさんぼう》がいった。

白覆面《しろふくめん》の男が、その火のなかから、赤ん坊の頭ほどもある石を水に濡《ぬ》らした草履《ぞうり》ではさんで運んできた。それを湯ぶねにほうりこむと、ジュッと音がして蒸気がふきあがった。

「昼間は老人や童児《わらべ》たちがはいる。日が暮れると、病んだ者たちが湯あみをする。垢《あか》にまみれた物乞《ものご》いたちや、身を病《やまい》におかされた者たちにとって、風呂《ふろ》にはいるということがどれほどの歓《よろこ》びか、わかるか」

外道院《げどういん》は思いがけずしみじみとした口調でいった。

「おれは若いころ奈良にいた。法華寺《ほっけじ》の境内で、蒸《む》し風呂のあとを見たことがある。話では光明皇后《こうみようこうごう》がつくらせた風呂だという」

外道院は彦山房をふり返って、

「光明皇后は、えーと、さて、だれの后《きさき》だったかな？」

「聖武《しょうむ》天皇です。全国各地に国分寺《こくぶんじ》をおかれた帝《みかど》です」

彦山房がこたえると、外道院は、そうだ、と、うなずいた。

「その光明皇后が、風呂でなにをなさったか、親鸞《しんらん》、知っているだろうな」

「はい」

「はなしてみろ」

突然のことで、親鸞は口ごもった。

「みんな集まれ。この男の話を聞くのだ」

と外道院が大声でまわりによびかけた。

地面から虫が湧《わ》きだすように、ぞろぞろと人が集まってきた。男もいれば女もいた。手足の不自由な者も、腰がくの字に曲がった老人もいた。彼らは外道院や親鸞をとりかこんで、無言で何かをまつような視線をそそいでいる。

「このくそ坊主の話をきけ」

と、外道院はいった。

「話がおもしろくなかったら、こいつに石を投げろ。遠慮はいらんぞ」

さあ、はなせ、と外道院は親鸞にいった。

恵信《えしん》が親鸞の腕に手をふれ、うなずく。

「おはなしなさいませ」

親鸞は頭のなかで記憶をたどった。かつてきいた話である。年号もはっきりしない。しかし、なぜか自然に言葉がでてきた。

「いまから何百年もむかしの話ですが、天平《てんぴょう》のころ、光明皇后《こうみょうこうごう》というかたがおられました。皇后さまというのは、帝の奥方《おくがた》のことです。心のやさしいかたでした」

親鸞《しんらん》ははなしだした。とりかこんだ男や女たちは、みなだまっている。きいてくれている、と親鸞は感じた。

「そのかたが、ある夜、夢のなかで、ふしぎな声をきかれました。あわれな人びとのために、風呂をつくれ、という声です。それまでさまざまなことをなさって、貧しい人びとを助けてこられた皇后ですが、風呂というのは考えつかなかったようです。そこで、すぐに風呂をつくられました。そして、ひとつの願《がん》をたてられたのです。われみずから千人の垢《あか》を去《さ》らん、と」

「垢をさらん、じゃなくて、垢をすらん、じゃねえのかい」

横から長次《ちょうじ》が口をはさんだ。彦山房《ひこさんぼう》がじろりと長次をにらんだ。

「その光明さんとかいう人は、なんでそんな誓いをたてなったたんかね」

と、人垣《ひとがき》のなかから声がした。

「善いことをして、仏さんにほめられたかったたんだろ」

「ちがう」

外道院《げどういん》が大声でいった。人びとが一瞬、しんとなった。

「そんな欲得ずくではない。やさしいひとだったのだ。あわれな者を、あわれと思い、心が痛んだからだ。いいか。おれがおまえたちの味方をするのは、なぜだ。善いことをして、極楽にいこうなどと考えてるとでも思うのか。ばかめ。おれはただ、みておられんから勝手にやってるだけだぞ」

外道院の顔が西日をうけて、赤鬼のようにみえた。

「その皇后も、したいと思うことをやろうとしただけだ。こざかしいことをいうな！　だまってこの男の話をきけ！」

親鸞はふたたびはなしはじめた。なめらかには語れないが、この話をきいてほしい、というつよい気持ちが、しだいに身内にたかまってくるのを感じた。

「光明皇后は多くの貧しい人びとを湯にいれ、みずからその手で体を洗いながされたそうです。そしてついに、九百九十九人の体を洗いおえられました」

「あと一人で千人、というところで――」

と、長次が合いの手をいれかけ、あわてて口をおさえた。

「そうです。ついに千人目の最後の人があらわれました。ところが、その人は、体じゅうが瘡《そう》におおわれ、膿《う》みくずれた重病人で、あたりに悪臭をはなっていたのだそうです」

「おれみたいに、か」

と、人垣のうしろから、顔を布でおおった男が笑った。

「そうだ。おまえ以上の重病人だったのだ」

外道院《げどういん》が指さしていう。親鸞《しんらん》は話をつづけた。

「さすがのやさしい光明皇后《こうみょうこうごう》も、手がふるえ、逃げだしそうになったのです。しかし、これで千人目ということで、心をはげまし、その人の体を洗いはじめました。すると、その病人が、こういったのです。わたくしは長いあいだこの病《やまい》で苦しんできました。しかし、ある薬師がいうには、だれか慈悲ぶかい人の口で、この体の膿《うみ》を吸いとってもらえば、かならずなおるとのこと。慈悲ぶかい皇后さま、どうかわたくしをお救いくださいませ、と」

群衆がしんと静まり返った。

「さすがに皇后はたじろいだのでしょう。しかし、皇后は、迷いつつも、心をさだめて病人の体に唇をちかづけ、顔から肩、胸から腰、そして足先までくまなく膿を吸いとっては吐き、吐いては吸いとったのです。すると、突然、病人は光をはなって尊い阿閦仏《あしゆくぶつ》の姿に——」

「うそだ！」

と、顔を布でかくした男が叫んだ。

「そんな調子のいい話が、この世にあるものか！　つくり話だ！」

「そうだ。これはお話だ」

と、外道院がいった。

「だが、おれはそこをためしたい」

外道院は人垣のうしろのほうにいる、顔を布でかくした男を指さし、声をかけた。

「おまえ、名前は？」

その男は、さっきとはうってかわって、おどおどした口調でこたえた。

「むかしの名前はもう忘れました。ここではただヤゾウとよばれておりまして」

「ヤゾウか。よし、ここへこい」

布で顔をかくしたヤゾウという男は、ためらいながら前へでた。手足も不自由らしく、つらそうな動きだった。

「ぬげ」

と、外道院が命じた。

「え？」

「その汚らしいぼろ着を、ぬげといってるのだ。ついでに顔の布もとれ」

「外道院《げどういん》さま」

と、横から彦山房《ひこさんぼう》がためらいがちにいう。

「この者は、ひどい病《やまい》をやんでおります。あまりにも悲惨な姿を人前にさらすまいとして、顔や手足をおおっておりますのは、おわかりでしょう」

「病は恥《はじ》ではない。ヤゾウ、裸になって、この湯につかれ。おれがそうしろといってるんだ。はやくしろ」

「はい」

ヤゾウとよばれた男は、おずおずと着ているものをぬいだ。そして顔の布もとりさった。全員が息をのんでその姿をみつめた。親鸞《しんらん》は思わず目をそらせた。恵信《えしん》がびくっとした。

ヤゾウはぎこちない動作で、河原の湯のなかに身をしずめた。

「ああ、いい気持ちだ」

と、彼は空を見あげて笑った。

「人前にこの顔をさらしたのは、七年ぶりだよ」

外道院がふり返っていった。

「おい、女。恵信とかいったな」

「はい」

恵信は親鸞に身をよせるようにして返事をした。その体がかすかにふるえているのに親鸞は気づいた。外道院がいった。

「さっきおまえは、身を捨ててでも夫《おっと》をつれ帰る覚悟はあるのか、とおれがきいたら、ある、とこたえた。そうだな。よし、この男は帰してやろう。そのかわり、おまえにやってもらいたいことがある」

親鸞が抗議の声をあげようとするのを、外道院は手で制して、ゆっくりと首をふった。

「これは、この女とおれとの約束だ」

外道院が一歩前へすすみでた。

夕日が彼の額の肉のもりあがりを赤く照らした。㊦という焼き印のあとがくっきりと浮かびあがった。

外道院は恵信をじっとみつめた。そしてかすれた声で、ささやくようにいった。

「さあ、約束をはたしてくれ。ここで、おまえの覚悟とやらをみせてみろ」

彼はふり返って、湯につかっているヤゾウを指さした。

「おまえの手で、あの男の体を洗うのだ。そうすれば、親鸞《しんらん》はおまえに返す」

命令する口調だったが、その声にはどこかかすかに哀願《あいがん》するようなひびきがあった。

親鸞が反射的に叫んだ。

「それはできません！」

そういってしまってから、親鸞はどきりとした。そして言いわけをする子供のように、目をふせてつぶやいた。

「わたしにやらせてください」

「そんな話ではない」

外道院《げどういん》が怒りをおさえた声でいった。

「なぜこの女には、やらせることができんのだ。自分の女房が穢《けが》れるからか。病《やまい》がおそろしいのか。それとも――」

「まってください」

外道院の言葉を、恵信《えしん》がさえぎった。そして、はっきりした声でいった。

「わたくしが、お洗いします」

「ん？」

外道院が意表をつかれたようにまばたきして、

「やるのか、本当に」

「はい」

「なぜだ。そこまでして、この男をつれて帰りたいのか」

「いいえ」

恵信はまっすぐ外道院をみつめた。そして、自分にいいきかせるように小声でこたえた。

「ただ、そうしたいのです」

あたりがしんと静かになった。川の音だけがはっきりときこえた。

恵信がゆっくりと湯ぶねのそばにちかづいた。おいすがって彼女を引きもどしたい衝動にかられて、親鸞は身もだえした。心の中で、二匹の蛇が争っているのが感じられる。

〈とめるのだ！〉

〈とめてはいけない！〉

恵信は石の湯ぶねの前に片膝《かたひざ》をついた。そして、するりと着ているものを脱いだ。

声にならないざわめきが、集まった人びとのあいだにわきおこった。

日がおちて、空は紫色にそまっている。

風もやみ、湯煙がゆるやかに川面《かわも》にただよっていく。

恵信《えしん》の裸身《らしん》が、親鸞《しんらん》の目には、大きな白い蓮《はす》の花のように見えた。

恵信は手をさしのべて、湯ぶねのなかのヤゾウをまねいた。たじろいでいた男が、思いきったように湯からでた。河原の小石をしきつめた洗い場にうずくまる。恵信が手桶《ておけ》で湯をすくい、男の体をくりかえし流した。

外道院《げどういん》が、自分の体にまとっている白布を、ピリッと引きさいた。そして裸の恵信のそばへ歩みよると、無言で手渡した。

恵信がうなずいて布をうけとり、湯で濡《ぬ》らしてしぼった。

その布で、男の首から肩、背中から腰へと、注意ぶかく丁寧《ていねい》にそっとぬぐっていく。

膝から脚《あし》へ、そして手足の先までを、布をまきつけた指先でこすりながら、ときどき顔をちかづけて小さく手をうごかした。

外道院も、彦山房《ひこさんぼう》も、長次《ちょうじ》も、白覆面《しろふくめん》の男や人垣《ひとがき》をつくった男女たちも、みなじっと目をこらして恵信とヤゾウの二つの裸身をみつめている。

どれくらいの時間がたっただろうか。

やがて恵信はたちあがって、手桶に湯をくみ、何度もヤゾウの体を流した。そのあと、固くしぼった布でそっとおしつけるように彼の全身をぬぐう。

洗いおえて、恵信がたちあがった。ヤゾウがその場に坐《すわ》ったまま、頭《こうべ》をたれて恵信に手をあわせた。

恵信の裸の背中や腰に、汗が光っている。彼女はしばらく放心したように、その場に立っていた。

「観音さまだぁ」

と、人垣のなかから声があがった。

「なまんだぶ、なまんだぶ」

と、合掌する声がおこる。

親鸞はため息をついた。言葉にならない複雑な思いが、体の奥にうずまいている。

外道院がゆっくりと恵信にちかづいた。そして石の上に脱ぎおかれた小袖《こそで》と腰布《こしぬの》を、拾いあげて恵信の肩にかけた。

「親鸞——」

と、彼はいった。

「帰っていい。いっしょにどこへでも帰れ。おれは、やっぱり女はきらいだ」

その夜、親鸞《しんらん》は四日ぶりに恵信《えしん》と枕《まくら》をならべて寝た。

河原での出来事が、まるで夢の中のことのように感じられる。

ふたりは暗い部屋の中で、ながいあいだ黙っていた。親鸞の心の奥には、さまざまな葛藤《かっとう》がうずまいていて、それが彼の口を重くしていたのである。

外道院《げどういん》が、膿《う》みくずれたヤゾウの体を洗うようにと恵信に命じたとき、自分が、

〈それはできません!〉

と、思わず叫んだことに彼はこだわっていた。

光明皇后《こうみようこうごう》の故事《こじ》を、得々《とくとく》として語った自分が、自分の妻にはそれをさせまいとする。

病《やまい》へのおそれだろうか。

それとも恵信の身が穢《けが》れると感じたのだろうか。なんという身勝手な自分だろう。

自分は念仏者だ、と親鸞はひそかに自負《じふ》している。

この世でもっとも深く傷つけられた者、もっとも悩み多き者、もっともさげすまれている者にこそ、仏の慈悲は光る雨のようにふりそそぐ。そう信じ、人にもそう語ってきた。

かつて仏の道を教える僧たちは、

〈悪因苦果《あくいんくか》、善因楽果《ぜんいんらくか》〉

と、いう言葉を、世俗の道徳のように人びとに説いてきたものだった。

〈天罰《てんばつ》〉

といういいかたもそうだ。そこから、

〈天刑病《てんけいびょう》〉

などというひどい言葉もでてくる。

病《や》んだ人、体の不自由な人、めしいたる人、貧しき人、なべて悲惨な境遇《きょうぐう》にある人びとを、本人の責任のようにみなしてきたのだ。前世の報《むく》いとか、先祖の因縁《いんねん》とかいう考えかたも、世間にひろくいきわたっている。

はじめて外道院の行列に出会ったとき、親鸞は、心に痛棒《つうぼう》をくらったような気がしたのだった。

みずから外道、と称《しょう》する無法者が、堂々とその常識を踏み破っていく姿に、驚嘆したのである。

〈一切無差別《いっさいむしゃべつ》〉

というのが釈尊《しゃくそん》の教えである。外道院を生き仏とは思わないが、その態度につよく惹《ひ》かれるところはあった。それにくらべて、この自分はどうだ。思わず身もだえする。

「親鸞《しんらん》さま――」

と、恵信《えしん》がささやいた。

「なにか、おっしゃってください」

恵信はさきほどからずっと、すこしあいだをあけて親鸞の横にいた。

「なにもいう言葉がないのだ」

と、親鸞は恵信にいった。

「去年、この越後《えちご》に送られてきたとき、わたしは自信満々だった。法然《ほうねん》さまの念仏の教えを、かならずこの北国に根づかせ、広めてみせると、心中ひそかに期するところがあったのだ。たとえ立場は流人《るにん》でも、自分としては念仏の先駆《さきが》けのつもりでいた。そのことは、そなたも感じていただろう」

「はい。いまでも、そう信じております」

「だが、いま、わたしは自分に絶望しているのだよ」

親鸞は自分の心の中を、恵信にどう説明していいかわからなかった。

あの日、人を売り買いする現場を見ながら、なにもしなかった自分。

〈怪力乱神《かいりよくらんしん》を語らず〉

と、当然のように思いながら、外道院《げどういん》の型破《かたやぶ》りな行動力に惹かれてもいた自分。

みずから愚《ぐ》に徹することをめざしながら、彦山房《ひこさんぼう》相手にござかしい知識をひけらかしてみせた自分。

そして、河原で、恵信の裸身《らしん》を呆然《ぼうぜん》とながめるしかなかった自分。

「ただ、ただ、情けないのだ、この自分が」

と、親鸞はいった。

「こんな自分が、この地の人びとに真の念仏を伝えようなどと思いあがった考えをもつのは、まちがっている。そう感じて恥《は》じいっているところだった。自分にあいそがつきて、黙っていたのだよ」

恵信は手をのばして、親鸞の胸においた。

「わたくしは、この手であのヤゾウさんの体を洗ったのです。そうせずにはいられなかったからでした。わかってくださいますか」

親鸞は無言で恵信の手をひきよせた。

「わたしのほうが、まちがっていた。わたしの心の中はあのヤゾウという人よりも、なお深く病《や》みただれている。そんな自分に、つくづくいやけがさしているのだ」

「親鸞《しんらん》さま——」

恵信《えしん》が体をよせてきた。親鸞はふるえる手で、その体を抱きしめた。恵信の体は、燃えるように熱かった。

新しい生活

春から夏へ、親鸞《しんらん》と恵信《えしん》の暮らしにも、ささやかな変化がおきた。

それまで住んでいた郡司《ぐんじ》の役所の片隅《かたすみ》の家から、新しい住居にうつったのだ。

新しい家といっても、やはり仮住居《かりずまい》である。だが、これまでの物置小屋に手をくわえた建物とはちがって、一応、新居といえる。

郡司の荻原年景《おぎわらとしかげ》から指示があって、六角数馬《ろくかくかずま》が手配してくれた家だった。

郡司側としては、そこを仕事場として、親鸞に公文書その他の文書《もんじょ》の筆記をまかせるつもりらしい。

そのほか、寺院におさめる経典《きょうてん》類の書写《しょしゃ》とか、荻原家の家伝《かでん》の作成とか、さまざまな文筆の仕事が期待されているようだった。

土地売買の証文《しょうもん》類もある。鎌倉や京都に送る訴状もある。租税などの通達もある。

むずかしい文字の読み書きができる、というだけでもこの地では大した能力だったのだ。

これまでは六角数馬《ろくかくかずま》が、すべてをしょいこんで処理していた。それを肩がわりできる人材が都《みやこ》からやってきたのだから、こんなありがたい話はない。しかも、能筆といわれる六角数馬さえ足もとにもおよばぬ、見事な字を書くのだ。親鸞《しんらん》は黙々とあたえられた仕事をこなした。

小高い丘の上にあるその新居の周囲には、松や竹などが生《お》いしげり、背後には遠く山脈《やまなみ》も見える。また沼地には葦《あし》や蒲《がま》などがはえ、野鳥の鳴き声もきこえた。

ただ、困ったことも一つある。

それは、新しい親鸞の住居に、直接たずねてくる地元の人がふえてきたことだった。

これまでは流人《るにん》ということで、役所の一角に住んでいた。そのために、なんとなく遠慮もあったのだろう。わざわざ訪れる人も、ほとんどなかったのだ。

だが、新しい家には、だれでもが気軽にたずねてくることができる。

京都からやってきた偉いお坊さま、ということで、物めずらしさからのぞきにくる土地の人もいる。

恵信《えしん》はそんな招《まね》かれざる客たちにも、気さくに接して、すこしも面倒がる気配がなかった。

内緒で手紙や証文類の筆記をたのみにくる人もいる。相談事もある。しかし、もっと大変なのは、親鸞を誤解して訪れてくる人びとが少なくないことだった。

その日も、経典の書写をしている親鸞のところへ、庭先からいきなり声をかけてきた老婦人がいた。

身なりは決してみすぼらしくはない。ただいかにも大変な問題をかかえたような、必死の表情だった。

「お坊さま」

いきなり声をかけられて、親鸞はおどろいてふり返った。

庭先の土の上に、その老婦人はぺたんと坐《すわ》りこんで、手を合わせている。

「なにか、ご用ですか」

「お助けください」

と、その老婦人はいきなり平伏《へいふく》した。

「どうされました」

「孫のサトという娘が、突然いなくなりまして」

「ほう。それはご心配でしょう」

親鸞《しんらん》は困惑して庭におり、老婦人を手近な切り株の上に坐《すわ》らせた。

「で、わたしになにかお手伝いができることでもあるのでしょうか」

「あの子がどこにいるのか、教えてほしいんで」

「さあ」

「みんなに相談したら、そんなら親鸞さまという、大変な法力《ほうりき》を身につけたお坊さまがいる。あのゲドエンさまよりも、もっとすごいかただから、そのかたにサトのゆくえを占《うらな》ってもらえと」

親鸞はあわてて手をふった。

「とんでもない。わたしにはそんな力はありません」

「そんなこといわんで、お願いします。あのサトという娘は、ほんとにやさしい子で、もしあの子になにかあれば、わたしは生きていけないんだから。お願いします」

「いや、つまり、このわたしにはそんな力はないといっているのです。ですから ——」

「お礼はします。ずっとためてきた銭《ぜに》が、ほらこれだけありますんで」

恵信《えしん》がやってきて、老婦人の肩を抱くようにして助けおこした。そして笑顔で親鸞にいった。

「わたくしが相談にのりますから。大丈夫です」

「しかし――」

「おまかせください」

恵信は老婦人をかかえるようにして家の中へつれていった。親鸞は老婦人を恵信にまかせて、しばらく庭先にいた。

きょうも暑い日になりそうだった。やや小高い場所にある家の庭からは、緑の木立をとおして、遠くの景色がよく見える。

日ざしを反射して白く光っているのは、沼や川の流れだ。網の目のように小川が入り組み、湿地帯が左右にひろがっている。

田や畠《はたけ》は、その先の山裾《やますそ》のほうに多い。あちこちで新田の開発がすすんでいた。沼をうめたて、山地をきりひらいて、新しい田畠《たはた》をつくるのだ。

大きなため池も目立つ。作物をつくるために、大事な水を確保する池である。

この数ヵ月、親鸞は精力的にあちこち歩きまわって日をすごしてきた。越後《えちご》の土地と、人びとの暮らしを一から学ぶためだった。

この土地へやってくるまで、自分は大きな誤解をしていた、と親鸞は思う。

田舎といえば、ひなびた農家の生活だけを想像していたのだ。土地の人びとはみな田や畠《はたけ》をたがやし、作物を育てる労働に明け暮れていると単純に考えていたのである。

しかし、実際に越後《えちご》の土地を歩きまわっていると、それが都人《みやこびと》の勝手な思いこみだったことに気づく。

自分の目で見る越後は、じつに多彩で豊かな土地だった。

海と、山と、川。

そこにさまざまな自然の恵みがあり、人びとは古くからそれを十分に活用して生きている。

山に暮らす人、といえば、以前の親鸞《しんらん》は、木こりと猟師《りょうし》ぐらいしか思いうかべることができなかったのだ。

都で考える山の生活といえば、およそそんなものである。杣人《そまびと》、などという言葉をつかって優雅な歌を詠《よ》んでも、実際の山の暮らしには、まったく想像がおよばない。

山はもちろん木の宝庫である。木を切って運びだす仕事は、古代から重要な作業だった。しかし、ほかにも木材を利用して生きる数々の職業があることを、親鸞ははじめて知った。

木材を加工して日常雑器や工具をつくる木地師《きじし》という職人たちがいる。

彼らは里に住まず、山中を移動しながら暮らす。良い素材と需要のある場所が、彼らの国だ。山から山へと移り住む人びとにとって、国とは山のことである。彼らは自由な遍歴の民だった。

木地師のことは、外道院《げどういん》に引きとめられて、河原の船にいたときに聞いた。親鸞の見張り役をつとめていた白覆面《しろふくめん》の大男が、ふとしたおりに話をしてくれたのだ。

白覆面の男の名前が、名香房宗元《みょうこうぼうそうげん》ということも、そのとき知った。彼もまた山中で修行をつんだ山伏《やまぶし》の一人だったという。宗元は、山地の暮らしについて、おどろくほどよく知っていた。

彼の話を聞くにつれ、親鸞の胸につよい好奇心がむくむくとわいてきたのだった。

〈いつか山へ、はいってみよう〉

と、親鸞は心にきめている。彼もまた比叡《ひえい》の山中で青年期をすごした行者《ぎょうじゃ》である。山には修験《しゅげん》の信仰だけでなく、念仏の流れもまた存在することを親鸞は知っている。

越後の山奥には、阿弥陀仏《あみだぶつ》への信仰が隠れている、と名香房宗元はいっていた。

「親鸞さま」

と、思いにふけっている親鸞を呼ぶ声がした。ふり返ると、恵信《えしん》が手まねきして、

「すこしこのかたのお話を、聞いてあげてくださいませんか」

居間に老婦人の姿が見えた。内心すこぶる困惑しながら、親鸞《しんらん》は居間にあがった。

「びっくりしました」

と、そばに坐《すわ》った恵信《えしん》が茶碗に白湯《さゆ》をつぎながらいう。

「このかたは、わたくしの実家のすぐ近くからこられたのです。これもなにかのご縁《えん》かもしれません。ご相談にのってさしあげていただけませんか」

「相談にのる、といっても」

親鸞は腕組みして、首をかしげた。

「わたしには失《う》せものをさがしたり、人のゆくえを占《うらな》ったりする不思議な力はないんだよ。それは、そなたもよくわかっているだろう」

「はい。そのことは、ちゃんとお話ししておきました。ただ、あまりにもお気の毒で、なんとか力になってさしあげられないものかと」

老婦人は涙をふきながら、すすりあげた。

「おねがいします。わたしらには、ほかに頼る人もおりませんで。おねがいします」

横から恵信が、かいつまんで事のなりゆきを説明しはじめた。話しながら、恵信までもが涙ぐんでいる。

法然上人《ほうねんしようにん》なら、こんな場合にどう対応されるだろう、と親鸞は思う。

上人が人びとに念仏の教えを説かれたのは、ご自分が念仏によって救われたからだろう。

仏教ではよく、

〈自信教人信《じしんきようにんしん》〉

ということをいう。

善導《ぜんどう》の『往生礼讃《おうじようらいさん》』のなかにでてくる言葉である。はっきりと自分が信じえたことを、他の人びとにも語って信じさせることが大事だ、という意味であるらしい。自信《じしん》と教信《きようしん》とは一体のものだ、ということだろう。

自分がえたものを、ひとりじめしない。多くの人びととともに、それを歓《よろこ》ぶことに念仏の意味がある。

しかし、いま目の前にいる老婦人のなげきには、どう対応すればよいのか。

〈ただひたすら念仏なさい〉

と心からすすめればすむことなのか。

老婦人は、助けをもとめてやってきた。多くの人びとが、親鸞をたぐいまれな法力《ほうりき》を身につけた行者《ぎようじや》のように誤解しているのだ。

自分にそんな異様な法力《ほうりき》などないことを、親鸞《しんらん》は自覚している。しかし、恵信《えしん》は、いま目の前にいる老婦人の助けになることを、なにかできないか、と親鸞に頼んでいる。

恵信の話を聞きながら、親鸞の心には、えたいの知れない複雑な感情がわきおこってきた。

ここは自分にできることをするしかないのではないか。外道院《げどういん》のように、ためらわずに対応することだ。

まずは早耳《はやみみ》の長次《ちょうじ》に相談をしてみなければ、と親鸞は思った。

「わかりました。きょうのところは、ひとまず、お帰りになってください。あすにでも、わたしがそちらにうかがうことにします」

「どうぞ、よろしくお願いします」

床《ゆか》に額をこすりつけるようにして礼をいいながら、お布施《ふせ》のつもりか、一包みの大豆をおいて帰ろうとする。親鸞は固辞《こじ》したが、恵信が横から小声ですすめた。

「せっかくのお気持ちですから」

と、恵信はいって受けとった。

老婦人を見送りながら、

「いただいておくことにしました。そのほうが、あのかたもはりあいがあると思います」

「しかし、結局、なんの力にもなれないかもしれないのだよ」

ええ、と恵信はうなずいた。なにか心に期するものがあるような表情だった。

「ちょっとでかけてくる」

老婦人が帰ったあと、すぐに親鸞はたちあがった。

「どちらへ？」

「外道院のところへいって、長次に相談してみようとおもうのだ」

「それがよろしゅうございます。でも――」

恵信はちょっと首をかしげて、

「また、引きとめられて、帰れなくなったりはしないでしょうね」

「外道院や彦山房《ひこさんぼう》には会わない。こっそり長次をよびだして話をするだけだ」

親鸞は急ぎ足で河原へむかった。

歩いていると、午後の日ざしが、じりじりと照りつけてくる。そういえば、このところ雨が降らないな、と親鸞はおもった。梅雨をぬかして、一足とびに夏がきたような気配《けはい》である。

しばらくぶりで見る外道院《げどういん》の河原は、活気にみちていた。月に一度、河原でひらかれる盛大な外道市《いち》が数日後にちかづいているせいなのだろうか。

親鸞《しんらん》は目立たぬように河原におりていき、長次《ちょうじ》をさがした。

その姿を見て、びっくりしたように頭をさげる男や女がいた。どうやら河原では親鸞はかなりの有名人であるらしい。

白覆面《しろふくめん》の名香房宗元《みょうこうぼうそうげん》が、めざとく親鸞をみつけてやってきた。

「なんの用だ。外道院さまは、いま留守だぞ」

「いや、早耳《はやみみ》の長次どのをさがしている」

長次なら、あの小屋でまっ昼間から博奕《ばくち》のご開帳だ、と宗元は笑っていった。

「乞食《こじき》相手に金をまきあげようというんだから、どうしようもない罰あたりだぜ」

呼んできてやろう、と宗元が小屋のほうへいき、姿をけした。

やがて、ひょいひょいと河原の石をとびはねるように、長次がやってきた。愉快そうに白い歯を見せて笑いながら、

「なんだよ、トクさん、こんどは自分のほうからやってきたのか」

「ちょっと相談があるのだが」

「わかった。あの辺で話を聞こう」

川の水が流れている水際に、太い流木が転がっている。その上に並んで腰をおろして、親鸞はさきほどの老婦人の話を聞かせた。

「なるほど。人さがしか。で、その突然いなくなった娘は、いったいいくつなんだい」

「十三歳になるそうだ」

「十三、か。ふむ、もう一人前の女だな」

「名前はサトという。よく働く、いい娘らしい」

「ふーむ。どこかでちらと小耳にはさんだような気がしねえこともないんだが」

首をかしげた長次は、しばらくここで待つようにといいのこしてその場をはなれた。

冷たい川の水に足をひたしながら、親鸞はあらためてさきほどの老婦人の話の内容を頭のなかで整理してみた。

老婦人の名前は、トメという。見かけは相当の年寄りだが、実際にはそれほどの年でもないらしい。やせた小柄な婦人だった。ひどく腰がまがっていたのは、ふだんの畠《はたけ》仕事のせいだろうか。

つれあいとは早く死にわかれ、与市《よいち》という息子と、その娘のサトとの三人暮らしだという。息子の嫁は数年前に、病気でなくなったらしい。

山里に五、六反《たん》ほどの田畠《たはた》をたがやして働いている小百姓の一家だという。

もちろん、それだけの耕地では食べていくこともままならない。祖母と孫娘は夜、近所の田畠を荒らす山のけものたちを追う仕事を交替《こうたい》でひきうけ、ほう、ほう、と声をあげたり、鈴を鳴らしたりして朝まですごす。

冬のあいだは、一日もやすまずに布を織《お》った。祖母トメは、織物のさかんな土地から嫁にきたせいで、達者に織機《おりき》をあやつる。

息子の与市《よいち》は、声がかかれば筏《いかだ》流しも手伝うし、山からの木材運びの仕事もする。

孫のサトは、年のわりには体も大きく、人目を引く器量よしだった。

家の裏手の山には、栗の林があり、柿《かき》もよくとれた。せまい場所には、大豆やアワ、ヒエなどを植え、また織物の原料になる苧麻《からむし》を栽培して収入の足しにした。

そんな暮らしのなかで、七日ほど前に孫娘のサトが、突然、姿をけして、そのまま帰ってこないというのである。

ゲドエンさまのところへ占《うらな》ってもらいにいけ、と近所の人たちにはいわれたが、息子の与市が、なぜかつよく反対したらしい。

親鸞《しんらん》というすごい法力《ほうりき》の持ち主がいるから、そこへいったらどうか、とすすめる人がいて、そこでトメさんがやってきたという話だった。

「おい、トクさん、なにを考えこんでる」

背中を叩《たた》かれてふり返ると、長次《ちょうじ》が白覆面《しろふくめん》の名香房宗元《みょうこうぼうそうげん》といっしょに立っていた。

「なにかわかったことがあっただろうか」

「まあな」

長次は気をもたせるように腕組みして、川をながめた。ひとつため息をついて、親鸞をふり返ると、

「こいつはちょっと厄介《やっかい》な話になりそうだぜ、トクさん。あんたの立場からして、あんまり余計なことに首をつっこまないほうがいいんじゃないのかい」

「うむ。じつは、わたしもそう思っているのだ。しかし、わざわざ頼ってきたのに、知らぬ顔をきめこむわけにも――」

親鸞は言葉をにごした。庭先に坐《すわ》りこんで必死に頭をさげていた老婦人の顔が頭にうかぶ。

あの場面で、本当の念仏とはなにか、仏の本願《ほんがん》とはなにかを嚙《か》んでふくめるように語ったとしても、トメさんは当惑するばかりだったろう。

ただひたすら阿弥陀《あみだ》さまを信じて、おまかせなさい、と力づよくはげませればよか

ったのだろうか。

人を助けようなどと、思いあがった気持ちは自分にはない。ただ全身で悲しんでいる人を目の前にして、なにもしないでいることがうしろめたかっただけだ。実際に役に立たなかったとしても、知らぬふりはできない。

「自慢じゃないが、こちとら早耳《はやみみ》の長次《ちょうじ》とよばれてる男だ。世間のことで、おいらの耳にはいらねえ話はねえんだよ」

と、長次はいった。

「そのサトとかいう娘っ子のことも、なんとなく、ちらと小耳にはさんではいたのさ。だが、まさかトクさんがからんでくるとはな」

名香房宗元《みょうこうぼうそうげん》が横から声を低めていう。

「おれはその娘の親父を知っているぞ。与市《よいち》という男だ。働き者だったが、ここ数年、いろいろと問題をかかえていた。年貢《ねんぐ》の未進《みしん》がかさんで、どうにもならぬところまで追いつめられていたんだ。となると、うーむ」

未進という言葉を親鸞《しんらん》は以前にもきいたことがあった。百姓《ひゃくしょう》たちが不当な年貢を拒否することを対捍《たいかん》という。それに対して、いろんな事情で年貢がはらえなくなることが未進である。

対捍は領主や役所に対する反抗だから、きびしく処罰される。未進は、生活の苦しさのために、やむなく滞納することだが、その責任は対捍とはちがった意味でまた苛酷《かこく》なものであるらしい。

考えこんでいる親鸞に、

「その娘っ子は、守護代《しゅごだい》の戸倉《とくら》の屋敷にいるんだとよ」

と、いきなり長次はいった。親鸞はおどろいて長次の顔を見た。

「守護代の戸倉というと、いつぞやの――」

「そうだ。トクさんがあの日、念力《ねんりき》で武芸者をやっつけたときに、うしろに小生意気な若造がいただろ。あいつの父親さ。関東のほうから送られてきた他国者《よそもん》代官だが、鎌倉の威勢をかさにきて、このところやりたい放題の悪党だ。外道院《げどういん》さまを目の敵《かたき》にして、目下、一触即発《いっしょくそくはつ》というきわどい場面がつづいてるんだよ」

「しかし、いったいどうしてサトという娘が守護代のところにいるのだろう」

「たぶん、質流《しちなが》しされたのだろうな」

と、宗元がいった。

「質流し？」

それは親鸞が耳にしたことのない言葉だった。長次が舌うちして、

「世間知らずのお坊さまにも困ったもんだ。都《みやこ》でも金に窮《きゅう》したときは、借金するだろ。借金するときにゃ抵当《ていとう》というものをいれる。年貢《ねんぐ》がはらえないときには、百姓は家族を質入《しちい》れするのさ」

越後《えちご》にもそんなことがあるのか、と親鸞《しんらん》はおどろいた。長次《ちょうじ》は話をつづけた。

「利子をつけて返せばよし、それができないときには質人《しちにん》を流す。それでも足りないときには、身代取《しんだいど》りといって、土地、家財、牛馬、すべてそっくり取りあげられてしまう。サトとかいう娘っ子も、流されたんだよ。そして、守護代《しゅごだい》の戸倉《とくら》のところへ、下人《げにん》としてとられたのさ」

名香房宗元《みょうこうぼうそうげん》が、うなるようにいった。

「戸倉の野郎、はじめから狙《ねら》ってたにちがいない。サトという娘は、中山小町《なかやまこまち》とかいわれるほどの器量よしだったからな」

しかし、と親鸞は首をかしげた。それほど与市《よいち》一家が困っていたとすれば、老婦人のあの訴えは一体なんだったのだろう。孫娘の行方《ゆくえ》がわからないから占《うらな》ってほしい、とそれだけを頼みにやってきたはずだ。

そのことをいうと、長次がせせら笑って、

「そのばあさんも相当な玉だぜ。トクさんや恵信《えしん》さまの実家が、都の偉い人たちとつながりがあるという噂《うわさ》を耳にして駆けこんできたんだろう。おまけにトクさんは、戸倉の用心棒を念力《ねんりき》でやっつけた凄いおかただしな」

長次の話をきいているうちに親鸞は、頭のなかが混乱してきた。

〈あの老婦人の必死の表情の裏に、本当にそんな計算があったのだろうか。それにしても、息子の与市はなぜ外道院《げどういん》のところへ頼みにいくことをしぶったのか。その理由はなんだろう〉

親鸞の気持ちを読みとったように、長次がいった。

「与市って男は、ここにはちょいと顔をだせない理由があるのさ。やつはこのところやたらと博奕《ばくち》にはまってるんだよ。それにあいつの女房は死んだんじゃない。旅の商人《あきんど》と仲よくなって逃げたんだ。それからというもの、与市は博奕にのめりこんで、ばあさんと娘の二人の働きでやっと一家をささえていたらしい。きいた話じゃ与市って野郎は、この河原の連中にも、かなりの借銭《しゃくせん》があるそうだ。まあ、自業自得《じごうじとく》ってところかな」

「では、このままほうっておくのか」

親鸞はため息をついた。恵信は裏の事情を知らない。帰って、長次の話をきかせたらどういう顔をするだろう。

「おれは許さないぞ」

と、突然、名香房宗元《みょうこうぼうそうげん》がいった。怒りをおさえた声だった。

「あの守護代《しゅごだい》は、まだ大人になっていない若い娘をもてあそぶのを楽しみにしているそうだ。おれは修行しているときに、なんども山里であの娘に会っている。心のやさしい、いい子だった。おれはあの子を戸倉《とくら》の家からとり返してやる。こんなことが許せるとおもうか」

「宗元さんよ、おまえさん、あのサトという娘に気があるんじゃないのかい」

長次《ちょうじ》がからかうようにいった。

「なにをいう。おれは、おれは、ただ——」

「いいから、いいから。こっちだって戸倉のやり方にはむかついてるところなんだ。ここはひとつ、トクさんの力になって、守護代の鼻をあかしてやろうじゃねえか」

老婦人の頼みをきいて、サトという娘の行方《ゆくえ》を長次にたずねるつもりが、どうやら面倒なことになりそうな具合である。

親鸞《しんらん》はしばらく考えていたが、心をきめた。

「よし、わかった。こうなったら後へは引けない。しかし、相手はこの地の守護代だ。わたしの立場では、勝手に動くわけにはいかぬ。今夜、六角《ろくかく》どのとも、よく相談することにしよう」

その夜、郡司《ぐんじ》の役所の一室に、四人の男が顔をそろえて話しあっていた。

正面にすわっているのは、最近では郡司の仕事を、ほとんど一人で仕切っている六角数馬《かずま》だ。丸々と肥《こ》えふとった体の影が壁に奇妙な模様を投げかけていた。

彼とむかいあって親鸞がすわり、左右に長次と名香房宗元がいた。

「なかなか厄介《やっかい》な話ですね」

と、腕組みして六角数馬がいった。

「正直にいって、これはわたくしたち郡司のほうで、首をつっこむ仕事ではありません。まして相手が悪名高き戸倉さまとあっては、話をきいただけでも尻《しり》ごみしたくなります」

六角数馬の慎重な物いいに、宗元はいささかむっとした様子だった。白覆面《しろふくめん》の下から、くぐもった声で、

「そんな調子だから、近ごろ郡司の立場がよわまっていく一方なのだ。この辺で一発、がつんとやっておく必要があるとおもうが」

宗元のぶしつけな言葉に、六角数馬は苦笑しながらうなずいた。

「耳のいたいことで。名香房《みょうこうぼう》さまは、外道院《げどういん》一門のなかでも、河原の弁慶《べんけい》とよばれるほどの剛《ごう》の者でいらっしゃる。しかし、こんどの話は、どう考えても、あまりにも危険ではありますまいか」

「では、このまま見すてておけと」

「いや、そういうことではなく――」

六角数馬《ろくかくかずま》と宗元《そうげん》の口論を、長次《ちょうじ》が手で制して、

「まあ、まて」

彼は体をのりだすと、声を低めていう。

「この際、郡司《ぐんじ》方《がた》が表にでるのは、おいらもまずいとおもう。こんどのことは、河原のはねっ返り野郎二人と、郡司あずかりの流人《るにん》の勝手な行動、ということにしておこうぜ。郡司のほうはぜんぜん知らなかった、でいい。そのかわり――」

「なにをお望みですか」

いまの越後《えちご》の政情《せいじょう》をくわしく教えてほしい、と長次はいった。

「守護《しゅご》代《だい》の戸倉《とくら》が、たかが娘っ子一人を狙《ねら》ったとはおもえねえな。やつが本当に企《くわだ》てていることを教えてもらいたいんだよ。それにもう一つ、守護代の屋敷のくわしい見取り図を手に入れてもらえないだろうか」

「承知いたしました。では、まず目下のこの地の現状をご説明しましょう。屋敷の見取り図は、明日にでも」

彼らが集まっている郡司の役所は、国司《こくし》の政庁、正式には国衙《こくが》とよばれる一画の少しはずれた場所にあった。この時間になると、役所ではたらいている者たちもほとんど帰ってしまい、あたりはしんと静まり返っている。

六角数馬は、どこからか瓶子《へいし》と盃《さかずき》をとりだして、みなに酒をすすめた。

「濁《にご》り酒でございますが」

「こいつはうれしい」

名香房宗元は、白覆面《しろふくめん》をはずして横におくと、うれしそうに表情をくずした。長次も盃に手をのばしながら、

「トクさんは、飲むのか」

「いただこう」

「念仏の坊主は、酒を飲んでもいいのかね」

「飲まずにこしたことはないが、そこはつきあいというものだからな」

親鸞《しんらん》の頭のなかに、師、法然《ほうねん》の温顔《おんがん》がうかんでくる。法話のあとの聴衆との問答で、

〈酒は飲んでもよろしいのでしょうか〉

という質問がでたことがある。そのときの法然上人《ほうねんしょうにん》の声が、いまも親鸞《しんらん》の耳にはありありとのこっていた。

〈のまずにすめば、それにこしたことはありませぬ。しかし、そこはそれ、世のならいにてあれば――〉

と、微笑をうかべて答えられたのだ。

親鸞が都《みやこ》から越後《えちご》にやってきて、しみじみと痛感したのは、その〈世のならい〉ということだった。三百年、五百年かかって人の心に根づいたものは、一挙には変わらない。世のならいに妥協するわけではないが、自分の考えを一方的に押しつけただけでは世の中は動かないのである。

念仏、ということ一つをとってみてもそうだ。

この土地では、念仏は世間的なご利益《りやく》を仏に依頼する呪文《じゅもん》のようにおもわれている。法然上人が教えられた念仏は、そうではない。

〈しかし、一歩、一歩だ〉

と、いま親鸞は考えるようになってきていた。酒ものむ。鳥や、けものの肉も食う。人びとが大事にしているものに対しては、ちゃんと敬意をはらう。なにごともばかにしたりはしない。

そもそも、自分はこの越後のことについても、なに一つはっきりとは知らないのだ。

親鸞は盃《さかずき》を口にはこびながら、六角数馬《ろくかくかずま》の話に耳をかたむけた。

「いま、世の中は大変なことになっております」

と、六角数馬は太い首をふっていった。

「それくらいは、わかってるさ」

長次《ちょうじ》がぐいと盃をのみほして、

「なんたって平家《へいけ》をほろぼした鎌倉どのの時代だ。それでも国をとりしきる国司《こくし》には、都の貴族が任ぜられてるそうじゃねえか」

「はい。越後の国をおさめる国司の役割はいまも大きいのですが、幕府はそこに、あらたに守護《しゅご》という役を送りこんできました。これがまた、えらい力をもっておりまして」

六角数馬の説明によれば、守護の権限はじつに広く、大きなものらしい。

国内の御家人《ごけにん》を統率《とうそつ》する。謀叛人《むほんにん》を追討する。犯罪者を捕らえ、処刑する。戦《いくさ》のときは兵を集める。兵糧米《ひょうろうまい》の徴収などもおこなう。

さらに寺社の建造や、争《あらそ》いをさばくなど、さまざまな役割をあたえられているという。

「そいつはすげえや。その気になりゃ、なんだってやれそうだな」

長次《ちょうじ》は舌うちして、

「じゃあ、なにか。外道院《げどういん》さまを目の敵《かたき》にしてるあの戸倉《とくら》って野郎は、その守護《しゅご》の代官をつとめているわけか」

「はい。正式の守護はいま鎌倉におりまして、その代理としてやってきたのが、守護代の戸倉兵衛《ひょうえ》です。これが、なかなかの曲者《くせもの》でございましてな」

どうやら代官職をしりぞいたあとは、この越後《えちご》にすみつく気らしゅうございます、と六角数馬《ろくかくかずま》はいった。

「守護代といっても、しょせん雇《やと》われ役でございますから、やめた後の身のふりかたを考えるのも無理からぬこと。この越後の国が大変に豊かな土地であることを知って、将来、根をおろそうと企《くわだ》てているのでしょう」

「それなら――」

と、口ごもりながら親鸞《しんらん》がたずねた。

「むしろ、地元の人びとによく思われるように気をつかうはずではありませんか」

「それが逆でして」

六角数馬はため息をついた。

「ありとあらゆる手をつかって、不法に自分の懐《ふところ》をこやそうと必死なのです。謀叛《むほん》の疑いありとして、罪のない下級の役人を逮捕してその田畠《たはた》を没収する。新しい寺院《じいん》建立《こんりゅう》とか、大法会《だいほうえ》を催すとか称《しょう》して費用を徴収する。いちばん困るのは――」

六角数馬は声を低めて、いかにも憎々《にくにく》しげにいう。

「これまでなかった新しい年貢《ねんぐ》の取り立てを、勝手にどんどんつくりだしているのです」

たとえばどんなことか、と親鸞はたずねた。六角数馬はうなずいて、

「そうでございますね。いや、わたくしも感心するほど頭のまわる男で、商人《あきんど》以上のしたたかさです。たとえば、従来は年貢の対象にならなかった土地にまで税をかけたりします。おかげで河原に畠地《はたち》をつくって食っている者たちは、大弱りで」

いったん大水がでると水没する河原の畠《はたけ》は、これまで大目に見られていた。ところがその作物にまで調査をおこなって、こまかく課金をきめるという。

栗や柿《かき》の木なども、本数をかぞえて、帳面にのせる。うるしや、大豆、粟《あわ》、綿や麻、野生の苧麻《からむし》にいたるまであまさず調べて取り立ての額をきめる。

　また各地で定期的にひらかれる市《いち》から売り上げに応じた高額の市庭銭《いちばせん》をとる。そのために市がひらかれなくなった土地もあるらしい。

「なるほど。それじゃ、外道院《げどういん》さまが邪魔でしかたがないわけだ。外道市はこれまでびた一文、守護代《しゅごだい》のほうには払わずにやってきてるんだもんな」

　長次《ちょうじ》の言葉に、六角数馬《ろくかくかずま》は苦笑いして、

「じつは、あの外道市からは、ずいぶんと大きな銭《ぜに》がわたくしども郡司《ぐんじ》のほうへ回ってきておるのです」

「おや、そいつは初耳だぜ」

「いまどき国司《こくし》の下の郡司の立場は、なかなかにつらいものがありまして」

　外道院さまと組むことで、なんとか荻原家《おぎわらけ》もやっていけるのです、と、六角数馬は照れくさそうにいった。

「しかも守護のほかに、もう一つ、地頭《じとう》という厄介《やっかい》なものがおります」

　六角数馬の説明では、全国各地に平家《へいけ》一族が所有していた領地を幕府が没収して、戦功のあった部下たちに分けあたえ、地頭という職《しょく》につかせたのだという。

　土地の管理や租税の徴収、また争《あらそ》いごとの裁判など、守護とかさなる職分があるので、ときには守護と地頭が対立することもあるらしい。

「民百姓《たみひやくしよう》もいろいろと大変だのう」

と、名香房宗元《みようこうぼうそうげん》が大きなため息をついた。

「ところで、例の娘のことだが――」

「サトという娘っ子のことが、ばかに気になるみてえだな。河原の弁慶《べんけい》さんが、中山《なかやま》小町《こまち》に首ったけという図は、こりゃあ見ものだぜ。守護代のとこからとりもどして、嫁っこにでもする気かい」

長次がひやかすと、宗元は顔をまっかにして怒った。さざえのようなこぶしをぶるぶる震《ふる》わせて、いまにも殴りかからんばかりの形相《ぎようそう》である。

巨軀《きよく》ににあわず、意外に純情な男だ、と親鸞《しんらん》は笑いをかみ殺して思った。

「その前に、もうすこしうかがいたいのですが」

と、親鸞はその場の空気をとりなすように、六角数馬にいった。

「わたくしは長く仏門におりまして、世間のことに驚くほどうといのです。流人《るにん》としてこの地へまいってからも、最近までほとんど引きこもってすごしてまいりました。お恥ずかしいことですが、地元の人びとの暮らしや、政治《まつりごと》の仕組みなど、ほとんどなにも知りませぬ。子供に教えるつもりで、やさしくお話しいただけませんか」

「ええ。どのようなことでも、ご遠慮なく」

笑わないでください、と前おきして親鸞《しんらん》はきいた。

「この国がなりたっているのは、つまり、多くの民がはたらいているからですよね」

「はい。そうです。民が国の土台です」

「民といっても、いろんな人がいることが少しずつわかってきました。これまでは、田《た》畠《はた》をたがやす人たちだけのことを民だと勝手に思っていたのですが、最近やっとそうではないことがわかってきたのです」

横から長次《ちょうじ》がせせら笑っていう。

「都《みやこ》の貴族や坊主どもは、田舎の暮らしといやぁお天道《てんと》さまがのぼれば田畠ではたらき、日が沈めば小屋でねる、そんな百姓のこととしか思ってねえんだろうよ」

六角数馬《ろくかくかずま》はうなずいて親鸞に微笑した。

「古くから豊葦原《とよあしはら》の瑞穂《みずほ》の国といって、農が国の礎《いしずえ》であることは当然のことです。しかし、実際に国をささえているのは、田畠の仕事だけではありません。そもそも百姓という言葉は——」

「田舎者をばかにしていう言葉さ。このどん百姓め、とか」

長次がいうのを、六角数馬は首をふって、

「いえ、いえ、そうではありません。親鸞どのは、ご存じでしょう？」

親鸞はうなずいた。

親鸞の記憶では、幼いころ伯父の日野宗業《ひののむねなり》から教わった『論語《ろんご》』のなかに、たしかその言葉がでていたと思う。

〈脩己以安百姓《ひやくせい》〉

おのれを脩《おさ》めてもって百姓を安んず、とあったはずだ。

「もともとは、百姓、さまざまな人、すべての人、という意味でしょうか」

「そうです」

六角数馬はうなずいていう。

「この越後《えちご》の国をささえているのは、農だけでなく、無数の職能の民たちでございます」

いまの世の中は、大きくわけると、

〈取る側〉

と、

〈出す側〉

にわかれるのだ、と六角数馬は説明した。

「取る側は、領主、役人、地主などでございますね」

「出す側は、民百姓《たみひやくしよう》だ」

と、宗元《そうげん》がいう。

「しかし、もう一つあるだろう。そのどっちでもない者たちが」

と、長次《ちようじ》が宗元を指さして、

「行者《ぎようじや》や坊主なども、年貢《ねんぐ》は取られねえ口だろう。それとも、ひょっとすると、取る側かい」

「なにをいう。布施《ふせ》はいただくものだ。取るのではない」

六角数馬《ろくかくかずま》は、眉をつりあげる宗元を手で制して、

「取る、といっても、民からただ力ずくで奪《うば》うわけではございません。古くから税にはくわしい取りきめがございまして」

おおまかにいって民百姓が負担《ふたん》するのは、三つが主なものなのだ、と、六角数馬は説明した。

「年貢、公事《くじ》、賦役《ふえき》、と、一応これが基本でございます」

年貢、というのは親鸞《しんらん》にもわかる。国や、荘園《しようえん》領主などが農民に課す税のことだ。

しかし、公事、というのはなんだろう。

けげんそうな親鸞の顔を見て、六角数馬は嚙《か》んでふくめるようにいう。

「これはなかなか面倒なもので、簡単には説明できません。要するに、年貢とは別の、雑税《ざつぜい》と申しますか、民百姓が負担しなければならないさまざまなものでございます」

長次がからになった瓶子《へいし》をふりながら、

「おい、ロクさん」

「はい」

「もうちぃっと飲みたいんだが、馳走《ちそう》してもらえるかね」

名香房宗元《みようこうぼう》が、むっとした口調で、

「おい、長次、かりにも郡司《ぐんじ》の役所を一手にしきる六角さまだぞ。なれなれしくロクさんなどと呼ぶでない。失礼ではないか」

「かまいません」

六角数馬は肥《こ》えているわりにはおどろくほど身軽《みがる》に、すいとたちあがりながら笑った。

「郡司の役人と申しましても、しょせんは流れ者の雑用係でございます。どうぞ気軽にロクさんとお呼びください」

六角数馬が酒をとりに姿をけすと、長次が親鸞にいう。

「トクさんの話も、すこししつこいぞ。百姓《ひゃくしょう》の年貢《ねんぐ》のことなんかどうでもいいじゃねえか」

「しかし――」

と、親鸞《しんらん》は長次《ちょうじ》と宗元《そうげん》の顔を交互に見ながらいった。

「こんどのことは、どうやら守護《しゅご》代《だい》側の仕組んだ計略《たくらみ》のような気がするのだ」

どんな計略なんだ、と宗元がきいた。親鸞はいった。

「戸倉《とくら》一派は、このへんで外道院《げどういん》の勢力を根こそぎたたきつぶそうと企《くわだ》てているのでは」

「そのとおりでございます」

両手に二本の瓶子《へいし》をもった六角数馬《ろくかくかずま》がやってきて、坐《すわ》りながらいう。

彼は長次と宗元に酒をすすめながら、声をひそめて自分の見立てを語った。親鸞たち三人は、濁《にご》り酒を飲みながら、その話に耳をかたむけた。

あらためて申しあげますが、いまこの時代は、大きな混乱期なのです、と、六角数馬はいった。

国司《こくし》。荘官《しょうかん》。土地の豪族。地頭《じとう》。守護。そして新興の武士団。有力社寺。

その他、多くの支配者が、知略と武力をつくしてあい争っている。すこしでも多くの土地と財力とをきずいておくために、必死の争いをくりひろげているのだ。

おくれてやってきた他国者《よそもの》の守護代、戸倉一家は落《お》ち穂拾《ぼひろ》いに甘んじる気はないらしい。彼らは強引にその渦中《かちゆう》に割りこんできた。こんどの一件も、そこにつながる、と六角数馬はいう。

「守護代の企てているのは、あたらしい利権を手にいれることでございます」

ふつう領地や収入をふやすためには、田や畠《はたけ》を開発することが多いのですが、と六角数馬はいった。

山野に新田をひらく。荒れはてて打ちすてられている耕地に手をいれて、良田として再生させる。沼や湿地をうめたてて、畠にする。

それを私領《しりよう》として公《おおやけ》にみとめてもらい、すこしずつ自分の領地をひろげていくのだ。

しかし、おくれてやってきた戸倉のような守護代には、そんなまっとうな道はのこされていない。

「そこで目をつけたのが、土地以外のものでございまして」

「わからん」

と、名香房《みようこうぼう》宗元が首をひねる。

「土地以外のものとは？」

「水だよ、水。わかってるじゃねえか」

と、長次《ちようじ》がいった。

「河川水利《かせんすいり》、だ。土がだめなら水で稼《かせ》ごうってわけだ」

さようでございます、と六角数馬《ろくかくかずま》はうなずいた。

「水がなくては、田も畠《はたけ》も役にたちません。そして川と河原は、この越後《えちご》ではじつに大きな役割をはたしております」

古くから越後は、川でとれる鮭《さけ》が特産物であった、と六角数馬は説明した。

年貢《ねんぐ》や公事《くじ》、そして献上物としても、鮭は大きな部分をしめているというのだ。

「鮭は越後の宝でございます。鮭は各地でとれますが、まず越後の鮭が筆頭にきます。『延喜式《えんぎしき》』でさだめられている鮭の貢納《こうのう》は、越後、越中《えつちゆう》、信濃《しなの》の三国のみでして」

「ふーん。鮭ねえ」

と、長次が意外そうに、

「鮭をどうして運ぶんだい。塩漬けか」

「塩引きもありますし、いろいろと加工した品々もございます。楚割《そわり》とか、内子《こごもり》とか、氷頭《ひず》とか、まあ、さまざまなかたちで鮭は越後の大事な産物なのです」

それだけではありません、と、六角数馬は河川水利の重要さを説明した。

水運交通なくしては、国の経営はなりたたない。そこで邪魔になってくるのが、河原の支配者である外道院《げどういん》と、それを背後から支えている郡司《ぐんじ》の存在なのだ、と六角数馬はいった。

深夜の逃走

その夜、親鸞《しんらん》はおそく帰宅した。

恵信《えしん》は、ほっと胸をなでおろすしぐさをして、ため息をついた。

「またどこかにとらわれていらっしゃるのかと、気づかっておりました」

「六角《ろくかく》どののところで、長次《ちょうじ》たちと話しこんでいたのだ。心配をかけて、すまない」

親鸞は郡司《ぐんじ》の役所で相談したことを、かいつまんで恵信に説明した。

「世の中は、なかなか一筋縄《ひとすじなわ》ではいかぬものだな。あのトメさんというお年寄りも、ただ孫かわいさのためにわたしに泣きついてきたわけでもなさそうだ。長次の話だと、あの家は、ただ年貢《ねんぐ》を未進《みしん》にしたというだけではないという。息子の与市《よいち》は、大きな借銭《しゃくせん》をおっていたのだそうだ。それで娘を質流《しちなが》しにしたのを、守護代《しゅごだい》の息子が下人《げにん》として買ったらしい」

しかし、なぜわたくしどものところへトメさんはやってきたのでしょう、と恵信はきいた。親鸞が疑問に思っているのもそこだった。

「あの守護代の息子がそそのかしたのだろう。あの息子とは、いちど人を競《せ》りにかけているところで、もめたことがある。たぶん、わたしのことを外道院《げどういん》のあたらしい智恵袋とでも考えているのではあるまいか」

「外道院さまには、彦山房《ひこさんぼう》さまという、れっきとした軍師《ぐんし》がおられますのに」

「六角どのの判断では、守護代たちはわたしのことを都《みやこ》のほうに大きなつてをもつ重要人物とおもいこんでいるようだ。そして郡司の荻原《おぎわら》さまと外道院とをおさえこむために、このわたしをとらえて利用しようとしているのでは、と六角どのはいっておられた」

「守護代さまは、そもそもなにを狙《ねら》っておられるのでしょう」

「いま郡司と外道院がおさえている河原の権利をとりあげて、自分のものにすることだろう。この地方の河川水利《かせんすいり》を支配する、というのが彼らの宿望《しゅくぼう》らしいのだ」

「サトさんはかわいそうですけど」

と、恵信はいった。

「この件からは、手をお引きになったほうがよろしゅうございます。自分のほうからお願いして、いまさらこんなことを申しあげるのはなんでございますが」

「いや、わたしは引かない」

と、親鸞《しんらん》はいった。

「これは理屈ではないのだ。そなたは笑うかもしれないが、この親鸞の体のふかいところには、なにか自分ではおさえきれない放埒《ほうらつ》の血がうずいているらしい。それが無茶なこととわかっていても、そうせずにはいられないのだよ」

「放埒の血、でございますか」

親鸞は無言でうなずいた。

恵信《えしん》に説明しても、わかってはもらえないだろうとおもう。

自分のなかには、なにかえたいの知れないものが棲《す》んでいる。それを親鸞は、幼いときからひそかに感じていた。

伯父の日野範綱《ひののりつな》の家にひきとられて養《やしな》われていた童《わらべ》のころ、ひとりで競《くら》べ牛の様子を見物にいったこともそうである。嘘《うそ》をついて、こっそり猛牛同士の対決を見にかけつけたのだ。

鴨の河原で、死人の衣《ころも》をはぐ男や、ツブテを打つ印地《いんじ》の男たちと親しくつきあったこともそうだった。非人法師《ひにんほうし》ばら、と世間からさげすまれる者たちのなかに、彼は自分となにか通《かよ》いあうものを感じていたのである。

十代のころ大和《やまと》を旅して、玉虫《たまむし》という傀儡女《くぐつめ》と知りあったときもその血がうずいた。

黒面法師《こくめんほうし》とよばれる凶悪な男と争ったのもそうである。どうしようもない激しい感情にかられて、何度となく危《あや》うい場面にみずから飛びこんできている。

八歳のころ、日野家の召使《めしつか》いだった犬丸からひそかに聞いた話は、いまも親鸞の心のなかになまなましく生きていた。

日野家には、放埒人《にん》の血がながれております、と犬丸はいったのだ。

行方《ゆくえ》知れずになった父親、日野有範《ありのり》のこと。そして、放埒人の烙印《らくいん》をおされた祖父の経尹《つねまさ》のことなども頭にうかぶ。

放埒、とは、世間でいう良識の柵《さく》をこえるふるまいをいう。親鸞は自分のなかに、野生の猛牛のような、えたいの知れないものがひそんでいることを、ずっと感じてきた。

周囲からは冷静で、温厚な人物とおもわれているが、それは見せかけにすぎない。本当は押さえきれない激情の持ち主なのだ。

「わたしは、サトという娘が、下人《げにん》として守護代《しゅごだい》のところへ質流《しちなが》しされたことがゆるせないのだよ」

と、親鸞《しんらん》は恵信《えしん》にいった。

「下人《げにん》、でございますか」

と、恵信は意外そうな表情をした。

「下人なら、わたくしの実家にも何人もおります。ちょっとした大きなお家なら、下人を何人かかかえているのがふつうではないでしょうか」

親鸞は恵信の顔をみつめた。人に対してやさしく、どんな相手に対しても心づかいを忘れぬ恵信である。その恵信が、下人の存在について、ごく自然に受けいれている気配なのが彼にはわからない。

親鸞が孤独な童《わらべ》のころ、なにくれとなく気をつかってくれたのは、伯父の家の召使《めしつか》いの犬丸夫婦だった。

犬丸とその妻、サヨの情愛を、親鸞はいちども忘れたことがない。そしてその二人は、下人として日野《ひの》家に買われてきた男と女だった。

ある秋の一夜、サヨという女が語ってくれた話を、親鸞はいまもまざまざとおもいだすのだ。

〈世間の人からいちだん低く見られている者たちを、非人《ひにん》といいます。でも賤《いや》しまれても、彼らは勝手きままに生きていける。しかし下人は、人ではなくて、物《もの》なので

す。ですから市場《いちば》で売り買いされたり、銭《ぜに》や稲《いね》で手に入れることもできる。つまり、物と同じなのですよ〉

サヨはかすかに微笑をうかべながら、そういったのだった。

下人のことを、奴婢《ぬひ》、ということがあるのも、そのとき知った。男の下人が奴で、女の下人を婢というのだ、とサヨはいった。

〈大きなお寺や、領主たちのところには下人がたくさんおります。その家につかえる下人たちは、土地といっしょに相続される財産なのです。主人が苦しくなると下人を売りにだす。下人の子もそう。牛や、馬のようにね〉

サヨの言葉は、いまもはっきりと記憶にのこっている。

「そなたは、下人のことをどう思う」

と、親鸞は恵信にきいた。恵信は首をかしげて、

「どう、と申しますと」

恵信の目は澄んでいる。本心を決してごまかしたりはしない人柄なのだ。親鸞はそのまっすぐな視線にたじろいだ。

「いや、つまり、その――」

親鸞は返答につまって、目をそらせた。恵信は親鸞の言葉をまっている。

「そなたは、奴婢《ぬひ》、というものをどう思うか、ときいたのだ」

と、親鸞《しんらん》はきいた。恵信《えしん》はうなずいて、自然な口調で答えた。

「奴婢というのは、下人《げにん》の古い呼びかたでございましょうか」

「そうもいえるだろう。だが、すこしちがう」

親鸞はかつて法螺房弁才《ほうらぼうべんさい》という歳上《としうえ》の行者《ぎょうじゃ》から、奴婢について教えられたことがあったのを思いだす。

法螺房の話によると、わが国の奴婢の制度は、古く奈良に都《みやこ》がおかれた時代にさかのぼるらしい。

奴婢は、官奴婢《かんぬひ》と私奴婢《しぬひ》の二つがあったという。

〈まあ、一種の奴隷《どれい》のようなものだな〉

と、法螺房はいっていた。

朝廷や国の官庁に使われるのが官奴婢である。それに対して、貴族や有力者につかえるのを私奴婢という。

ともに姓をもてず、平民との結婚は禁じられた。黒衣《こくえ》がそのしるしであり、売り買いされ、相続や譲渡《じょうと》、寄進《きしん》することができる。

しかし、この制度は、奈良から京都に都が移されるころには、次第にすたれていきつつあった。そして、のちには大きな家に召使《めしつか》われる男女を奴婢と呼んだりするようにもなる。

〈しかし、奴婢にかわって、下人というものが生まれてきたのだ〉

と、法螺房はいっていた。

親鸞はその話を恵信にした。

語っているうちに、法螺房弁才の人なつっこい髭面《ひげづら》が思いだされて、親鸞はふとしんみりした気持ちになる自分を感じた。

恵信はだまって親鸞の話をきいていた。法螺房のことは、彼女も六角堂で知っているはずだった。

「はじめは下人というのは、身分の高い家や、有力者などがかかえている使用人の、いちばん身分のひくい者たちを呼ぶ言葉だったらしい。田舎の人を下人と賤《いや》しんでいうこともあったそうだ。しかし、やがていつのころからか下人が財産になってくる。売り買いもされる。相続もされる。牛や馬のように、死ぬまでその主人のために働くのだ」

「それはちがいます」

と、恵信はいった。彼女の表情には、親鸞がはじめて見るようなつよい抗議の色があらわれていた。唇をかみしめて、恵信《えしん》は親鸞《しんらん》をみつめた。

「どうちがうのだ」

と、親鸞はきいた。

「わたくしの実家は、ながくこの土地に住みついた、そこそこの家でございます。本家のようにはまいりませぬが、一応、名主《みようしゆ》として百姓《ひやくしよう》たちのまとめもいたしております」

「知っておる」

と、親鸞はいった。

恵信の生まれ育った家は、地元の豪族のわかれで、それなりの身分をもつ由緒のある農家である。

本家は都《みやこ》の九条《くじよう》家とも何かつながりをもっていたらしい。恵信はその縁で、かつて九条家の家司《けいし》をつとめる三善《みよし》家の養女として上京していたことがあったのだ。

「むかしからずっと村人《むらびと》の世話役などもつとめてきた旧家でございましたが、わたくしは子供のころから家の下人《げにん》たちに、とてもかわいがってもらっておりました。わたくしの家でも十人ほどの男や女たちを、下人としてかかえていたのです。たしかに下人はかわいそうな立場ですが、でも、それは主人次第《しだい》ではないでしょうか。わたくしの両親も、家族も、下人たちの面倒はよくみておりました」

下人の男と女が一緒になると、その夫婦《めおと》のための住まいをたてたりしたこともあります、と恵信はいった。

それはたしかにそうだ、と親鸞は思う。世間にはいろんな人間がいる。下人を牛馬のようにこきつかい、物《もの》のように売り買いする主人もいれば、そうでない者もいる。

「ですからわたくしは、家の下人たちを卑《いや》しんだり、軽蔑《けいべつ》したりしたことは一度もございません。わたくしの家の下人たちは、どこかへ出ていけといわれても、いやだといったと思います。あの人たちは、わたくしの家を追いだされたら、浮浪人《ふろうにん》となって餓《う》えるしかなかったでしょう」

「うむ」

親鸞はしばらく腕組みして考えこんだ。

たしかに自分も幼いころ、日野《ひの》家の下人だった犬丸やサヨには、ずいぶんかわいがってもらっている。犬丸は市《いち》で買われてきた男だったが、主家《しゅけ》に対しては忠実な人間だった。主人次第という恵信の意見も、一理ないわけではない。

親鸞は一歩しりぞいて、恵信と話しあってみようと思った。これが正しいのだ、と自分の意見をおしつけたところで、人はそう簡単に納得するものではない。

「そなたは、そもそも下人《げにん》がどうして生まれたか、そこを考えてみたことがあるのかな」

「そうですね」

恵信《えしん》は親鸞《しんらん》が自分を責めているのではないことを感じたらしく、やや表情がやわらいだ。

「下人の子は、やはり下人になるようです。わたくしの家にも、そんな子がおりました。幼いのに、よく働いてくれていたことを思いだします」

「なるほど。しかし、人が下人となるには、いろんな理由がある。だが、下人の子に生まれると下人として一生をすごすというのは、どうだろうか。わたしは納得がいかない」

恵信はうなずいた。

「たしかにそうでございますね」

親鸞はおおまかに自分の知っていることを恵信に話した。

古代の奴婢《ぬひ》と、いまの下人とではそのなりたちはかなりちがう。かつては、大和朝廷《やまと》によって征伐《せいばつ》された先住の民《たみ》は、捕らわれて奴婢とされた。反逆者や、内乱で敗れた側の一族もそうだった。

鎌倉幕府ができてからは、平家《へいけ》の残党や、戦いに負けた者たちのなかで、雑兵《ぞうひょう》やその家族たちが多く下人にされている。

また犯罪者として捕らえられた者たちも、しばしば下人にくわえられた。

さらに年貢《ねんぐ》の未進《みしん》、借銭《しゃくせん》による質流《しちなが》しも少なくない。凶作や飢饉《ききん》の年には、わずかの銭《ぜに》で家族や自分自身を売る者がどっとふえる。

〈子《こ》盗り女《め》盗《と》りは世のならい〉

という言葉もある。世には人さらいが横行し、人買い商人の手にわたる者も多い。ひどい飢饉の年には、食うに困って、すすんで下人に身を投じる貧民もいる。下人となれば、少なくとも牛や馬とおなじく食うだけはなんとかなるからだ。

「そなたの家のような、おだやかな主人ばかりではないのではないのかな」

と、親鸞はいった。下人の働きぶりが気に入らぬと、耳を斬《き》り、鼻をそぎおとすような主人もいることを親鸞はきいている。

逃げた下人をつかまえて、顔や体に熱した鏝《こて》で烙印《らくいん》をおすこともするという。牛馬どころか、それ以下のあつかいをうけている下人たちも少なくない。

さんざん酷使して、死ねばその辺に投げすてる。

「外道院《げどういん》のやっている占《うらな》いや祈禱《きとう》のことを、わたしは認めないが、それでもあの男は大したものだと思う」

と、親鸞《しんらん》はいった。

恵信《えしん》は、なにかいいたげに親鸞の顔をみつめた。親鸞は恵信の気持ちをすぐに察して、おだやかに応じた。

「わかっておる。そなたが外道院《げどういん》のことを嫌っているのは承知の上だ。わたしも呪術《じゅじゅつ》や法力《ほうりき》で人をおそれさせるあの男のやりかたには、納得がいかない。しかし――」

「わたくしは、そんなむずかしいことをいっているのではありません」

と、恵信はいった。

「去年の、秋のはじめごろでございました。おそろしいほどの長雨がつづいたことがあったのを、おぼえておいでですか」

親鸞はうなずいた。たしか彼が郡司《ぐんじ》の役所で屋根の修理を手伝っていた時期だったと思う。毎日、毎日、つめたい雨がふりつづいて、だれもが不安にかられていたことがあったのを思いだす。

このままでは稲《いね》がくさってしまう、と役所の下司《げし》たちが心配そうに話しているのを耳にしたこともあった。河川《かせん》の氾濫《はんらん》も気づかわれていた。

「あの長雨は、たしかに異様だった。しかし、ある日、ぴたりとやんだではないか。

おかげで田畠《たはた》にもさしたる被害はでなかったときいているが」

「じつは、わたくしの里の本家や、各地の百姓《ひゃくしょう》、名主《みょうしゅ》たちが願いでて、雨封《あめふう》じのご祈禱《きとう》を外道院さまにおこなっていただいたのです」

守護《しゅご》、地頭《じとう》、荘官《しょうかん》、国司《こくし》などは、みな反対だった。だが、結局は黙認のかたちで雨を止める大法会《だいほうえ》が催された。恵信はいかなかったが、それはこれまで越後《えちご》の人が見たことも聞いたこともない盛大な法会だったという。

その祈禱は三日間にわたって河原でおこなわれた。はげしい雨のなか、髪をふり乱し祈る外道院の姿は、さながら鬼神のようだった、と人びとは語っていたらしい。

三日目の朝、ふりつづいた雨は、奇蹟《きせき》のようにやんだ。雲間から日の光がさし、外道院の顔があかあかと輝いたとき、人びとはみなひれ伏して外道院をおがんだというのだ。

「でも、わたくしの心のなかには、どうしても消すことのできない暗いおそれがのこって、それがいまでもまだここに――」

と、恵信は胸に手をあてててため息をついた。

「それは、どういうことだろう」

親鸞はきいた。恵信はしばらくだまっていたが、やがて顔をあげていった。

「牛、でございます」

思いがけない言葉に、親鸞《しんらん》は眉《まゆ》をひそめた。

「外道院《げどういん》さまがご祈禱《きとう》のさいに生《い》け贄《にえ》をおつかいになることはお話ししましたでしょう」

生け贄とは、神仏に願いをかけるとき、生きた動物を犠牲としてささげることだ。古代には人間を生け贄とした例も少くなかったらしい。

親鸞も河原の巨船の一室で、外道院が怨敵調伏《おんてきちょうぶく》の祈りのために、鶏《にわとり》の生首を生け贄としてつかったのを目にしている。

「わたくしの実家には、牛が二頭おりました。黒丸《くろまる》と茶丸《ちゃまる》という牛で、家族同様に大切にされていたのです。ほんとうにおとなしい牛たちで、なんともいえないやさしい目をしていたことを思いだします。以前、わたくしが病《や》んで寝こんでおりましたころには、妹がいつも茶丸の乳をこっそり飲ませてくれたものでした。その茶丸が、彦山房《ひこさんぼう》さまのお目にかなったらしく、雨封《あめふう》じの法会《ほうえ》の生け贄としてつれていかれたのです」

恵信《えしん》は涙声になって、すすりあげた。

「人から聞いた話によりますと、外道院さまは茶丸をその手に抱くようにして首を切られたとか。血が噴水のように空にふきあげたそうです」

恵信は手で顔をおおって嗚咽《おえつ》した。

今年の春、はじめて郡司《ぐんじ》の館《たち》の外へでかけた日のことを、親鸞は思いだした。外道院のお山下《やまくだ》りの行列を見にいこうとしたとき、恵信はいかにも気がすすまぬ様子だったのだ。その理由がいまになってやっと親鸞にはわかった。

「生け贄をつかう祈禱には、わたしも納得がいかないのだよ」

「でも、長雨はぴたりとやんだのです。すべての人びとが、手をとりあってよろこんでおりました」

親鸞はこたえる言葉がなかった。

それは偶然だろう、といいたい気持ちがある。人間は法力《ほうりき》で大自然のいとなみを左右できるものではない。たとえそれが外道院であったとしても。

しかし、そうはいうものの、親鸞は幼いころから世間の人びとが怨霊《おんりょう》のたたりをおそれ、陰陽師《おんみょうじ》の卜占《ぼくせん》を信じ、吉凶を気にして生きている様子をずっと目にしてきた。

朝廷の政治《まつりごと》も、すべて託宣《たくせん》にもとづく。

日々の暮らしや、出産、病《やまい》、葬礼にいたるまで、あらゆることが目に見えないあやしい力に左右されていると思われていたのだ。

法然上人《ほうねんしょうにん》が念仏の教えを説かれる以前から念仏はあった。

そして、古い念仏がいまも世間には広くいきわたっている。その人びとの考える念仏とは、暮らしの中で、すぐに役立つようなご利益《りやく》である。

「わたしのところにも、いろんな相談をしにやってくる人たちが多い。そなたも知ってのとおりだ」

と、親鸞《しんらん》はいった。

「わたしが都《みやこ》からきた念仏者だというので、さまざまな人がたずねてくる。病気をなおしてほしいとか、安産を祈ってほしいとか――」

「失《う》せものをさがしてほしいとか」

恵信《えしん》がうなずいた。かすかな笑みが口もとにうかんでいるのを見て、親鸞はすこしほっとした気持ちになった。

「そうだ。みんなわたしが特別な念力《ねんりき》をそなえていると、勝手に思いこんでいるらしい。それはちがう、本当の念仏とはこういうものだ、と、いくらはなしても、みんなきょとんとしているだけだ。目に見えるご利益だけをもとめているのだよ」

親鸞は唇を噛《か》んで、ため息をついた。

都では親鸞の言葉に真剣に耳をかたむけてくれる人びとがいた。有名な法然上人《ほうねんしょうにん》の門弟《もんてい》というだけで、信用されていたのかもしれない。

しかし、それだけではなかったはずだ、と、心のどこかで思う。

自分が孤立している、という感覚を親鸞はいま、つよく感じていた。目の前の恵信に対してもそうだ。

自分にとって、かけがえのない人であるにもかかわらず、どこかがちがう。そして、それは決して恵信のせいではない。

一からはじめなければならない、と親鸞は思う。この地では、法然上人が切りひらいてくださった広い道を後からついて歩くことはできない。

そのためには、この越後《えちご》の地に生きる人びとと、具体的につながって生きていくことが必要だ。

外道院《げどういん》は、念仏者の自分より、はるかに深く人びととつながっている部分がある。たとえそれが呪術《じゅじゅつ》を武器にした、あやしい世界であったとしても。

「親鸞さま」

と、恵信が小声でいった。

「外にだれかきているようです」

とん、とん、と、戸をたたく音がした。あたりをはばかるような、ひかえめな音だった。

「長次《ちょうじ》だろう」

親鸞《しんらん》はたちあがって、戸をあけた。三人の男の影が夜の中にうかんでいる。

「いくぞ。いまから」

と、長次の声がいった。

「彦山房《ひこさんぼう》さまもいっしょだ」

親鸞は驚いて闇《やみ》に目をこらした。白覆面《しろふくめん》の名香房宗元《みょうこうぼうそうげん》がいるのは、すぐにわかった。そのうしろにうっそりとたっているのは、まさしく彦山房玄海《げんかい》の姿だ。

長次は親鸞の肩に手をおいて、

「なにもきくな。すぐにこい」

親鸞は恵信《えしん》をふり返った。恵信はすでに竹の皮であんだ草鞋《わらじ》と、先が二股《ふたまた》になった杖《つえ》を親鸞の前にさしだしている。

あわただしく身ごしらえをして、親鸞はいつも懐《ふところ》にしまいこんでいる石ツブテを手でたしかめると、家をでた。

恵信とは、目でうなずきあっただけだった。あまりに突然のことなので、言葉をかわすいとまもなかったのだ。

「駆けるぞ」

と、長次がいった。彼は背中に木箱をせおい、なにやら長い筒のようなものを手にしている。

名香房宗元は、太い鉄の棒をまるで小枝のように軽々と肩にかついで、風をまきおこすように走った。

終始、無言の彦山房も、思いがけないはやさで駆けている。その姿は、どこか深山の狼《おおかみ》ににていた。

やがて夜の中に、春日山《かすがやま》の黒々とした影が見えてきた。めざす守護代《しゅごだい》の館《やかた》は、その小高い山の中腹にあるらしい。

「どうして、こんなに急に――」

と、息をきらせながら親鸞は長次にきいた。

「知らせがはいったのさ」

いま長次の呼吸には、すこしの乱れもない。一見、やさ男のような長次が、じつは驚くほど鍛《きた》えぬかれた体の持ち主であることを親鸞は感じた。

「あすの晩、あのサトという娘が、戸倉兵衛《とくらひょうえ》の夜伽《よとぎ》をすることになってるらしい。今夜つれだきないと、助ける意味がねえんだよ。ことに、あの男があせってな」

長次は名香房宗元を指さして笑った。

「まるで松明《たいまつ》みてえに燃えあがってやがるのさ」

「静かにしろ」

と、名香房宗元《みようこうぼうそうげん》が舌うちしていう。

「見張りに気づかれぬよう、このへんからは木陰《こかげ》をつたっていく」

山裾《やますそ》の台地に、白い石垣が左右にのびている。夜の闇をすかして、周囲に塀《へい》をめぐらした館《やかた》の影が、黒々とうずくまって地に伏したけもののように見えた。

名香房の合図で、四人は雑木林をぬけ、斜面をのぼって館の裏手にまわった。その場所からは、建物の配置が手にとるようにわかる。

山際《やまぎわ》の傾斜を背にして、コの字型の塀がいくつもの建物をかこんでいた。

「このあたりの様子は、おれがくわしい。今夜の指図《さしず》は、この宗元におまかせくださいませぬか」

と、名香房宗元は小声で彦山房《ひこさんぼう》にうかがいをたてた。彦山房が無言でうなずいた。

宗元は長次《ちようじ》と親鸞《しんらん》を両脇《りようわき》にひきよせた。

「よいか、あれを見ろ。まん中の家が戸《と》倉《くら》一族の屋敷《やしき》だ。右側が従者《じゆうしや》たちの寝所、左の建物には侍《さむらい》、郎党《ろうとう》たちがいる。大きな屋根は倉だ。その隣が馬小屋。すこしはなれた右手の小屋には下人《げにん》たちがおしこめられている。その数は五十人をくだるまい」

「ふむ。家の子、郎党たちのほかに、用心棒の浪人侍たちもいるわけだ。まともにぶつかっちゃあ、勝ち目はねえな」

長次が宗元の覆面《ふくめん》の端をひっぱって、

「で、どうする」

「すでに下人たちに話をつけてあるのだ」

名香房宗元はおし殺した声で、計画を説明した。

「おれの合図で、下人のなかの一人が小屋から逃げだす。そこで下人たちが皆で大騒ぎすることになっている。用心棒の侍たちや、郎党らは、すぐさま逃げた男を追うだろう。しかし、その男は決してつかまらない」

その男は、むかしは名の知れた山の行者《ぎょうじゃ》だったが、人を殺して下人におとされた者なのだ、と、名香房宗元はいった。

「ひとたび山にはいれば、猿《ましら》よりもすばしこいやつでな。峰々を飛ぶように走る」

「そんな男が、なぜいままでここから逃げずに下人のままでいたんだい」

長次がきいた。逃げても行き先のあてがなかったからだ、と宗元はいった。

「こんどはおれが身元をひきうけて、外道院《げどういん》さまの身内にむかえる約束をした」

わかった、と長次はいった。

「で、肝心のサト姫さまは、いったいどこにおわしますのかね。ひょっとして、すでに守護代《しゅごだい》さまのご寝所かな」

名香房宗元《みょうこうぼうそうげん》の手が、いきなり長次《ちょうじ》の喉《のど》をつかんだ。震《ふる》える指でぐいぐいしめつける。

「宗元！」

彦山房《ひこさんぼう》がはじめて声を発した。

「長次の戯《ざ》れ言《ごと》にかまうな」

名香房宗元は唸《うな》り声をあげて長次の喉から手をはなすと、彦山房に一礼して、

「あの娘は、いま倉の中に閉じこめられております。明日、守護代の奥方《おくがた》が鎌倉へもどるらしいので、そのあとあの娘をじっくり楽しむつもりでしょう」

「そうか、では——」

彦山房玄海《げんかい》はうなずいていった。

「倉の中の娘は、宗元にまかせよう。うまくすくいだしたら、まっすぐ六角数馬《ろくかくかずま》どののところへつれていけ。話はついている。長次と親鸞《しんらん》どのは、宗元たちを逃がすために目立つところで騒ぎをおこす。同時に三方で動くのだ。相手がたの手勢を分散させて、力を削《そ》ごう」

逃げる下人《げにん》を追う者。残された下人の騒ぎをおさえる者。そして長次と親鸞をつかまえようとする者。

とりあえず館《やかた》の人数を三分させておき、そのすきに名香房宗元が倉を破って娘をつれだせ、と彦山房はいった。

まるで最初から計画をねってでもいたようなすばやい指示ぶりだった。

長次が黒々と影をおとしている門を指さし、

「おいらがあの西の門をあけよう。見張りの男は片づけておく。名香房はそこからはいって下人を逃がし、娘をつれだせ。おいらとトクさんは守護代の奥方の乳《ちち》でも揉《も》んでいようぜ」

「彦山房どのは、どうなされます」

宗元がきいた。

「わたしはここで、そなたらの動きを見ている」

「それはずるい」

口をとがらせる長次に、軍師《ぐんし》とはそういうものだ、と彦山房はいった。

すでに丑《うし》の刻をすぎて、夜の闇《やみ》がいっそう深まり、あたりはしんと静まりかえっている。

いくぞ、と長次《ちょうじ》がたちあがった。親鸞《しんらん》もそれにつづいた。長次の動きはすばやく、親鸞はついていくのがやっとだった。

めぐらした塀《へい》の西側の門の下の石垣に、二人は張りつくようにして、身をかくした。

「トクさんよ」

長次は声をしのばせて、親鸞の耳もとでささやいた。そして一枚の布切れを手わたした。

「これは彦山房《ひこさんぼう》さまがくださった怨敵降伏《おんてきごうぶく》のお守りだ。リンピョウトウシャカイジンレツザイゼン――。身につけておけば、斬《き》られても傷をおわず、矢もあたらないとさ。おいらはいいから、これはトクさんがもっていろ」

親鸞は首をふって、その布切れをおし返した。自分にはこれがある、と先が二股《ふたまた》になった杖《つえ》をふって見せる。

「そっか。トクさんにはすげえ念力《ねんりき》があるんだもんな。よし」

やがて西門のすぐ下に達した。長次は背中に手を回して、一本の竹筒《たけづつ》をひきぬいた。横笛を二本つないだほどの長さの筒で、相当につかいこんだものらしい。吹矢《ふきや》だろう、と親鸞は思った。長次は小指ほどの穴に二寸ほどの長さの矢をおしこみ、吹き

口を唾《つば》でしめらせると、声をひそめて、

「見つからねえように、上をのぞいてみろ。見張りの男がいたら、そいつの足もとにこれをほうれ。ぶつけるんじゃねえぞ。足もとに、ころころとな」

長次はどこからか丸いものをとりだして親鸞に手わたした。暗いのでよく見えないが、どうやら童《わらべ》たちが遊びにつかう手鞠《てまり》らしい。

親鸞はうなずいて、石垣に守宮《やもり》のように張りついた。竹皮の草鞋《わらじ》のおかげで、爪先《つまさき》がすべらずに這《は》いのぼることができる。

そっと顔をだしてのぞくと、見張りの男が長刀《なぎなた》を肩にかついで、手もちぶさたに立っている。親鸞はおよその位置をたしかめると、音をたてずに石垣の下へおりた。長次が上にむけて、吹矢の筒をかまえる。親鸞が手鞠を石垣ごしにふわりとほうった。

一瞬の間があって、足音がした。足もとに転がってきた鞠をひろったらしい男が、けげんそうな顔をだして下をのぞきこんだ。間髪をいれず長次の吹矢が鳴った。

シュッと鋭い音をたてて矢が飛び、見張りの男の首につき刺さった。男は声もたてずに、石垣の上からずり落ちてきた。

「痺《しび》れ薬が仕込んである。朝までは大丈夫だ」

長次は背中に吹矢の筒をもどすと、すばやい動きで石垣をよじのぼった。

石垣の上にでてみると、さらに分厚い木材で組んだ塀《へい》が館《やかた》全体をかこっている。目の前の門は、正面の門の東西につくられた通用門の一つらしい。

「おいらが内側から門をあけるから、そっとはいってきな」

長次《ちょうじ》は背中の木箱から鉄の爪《つめ》のようなもののついた輪をとりだすと、それを手にはめ、音もたてずに楽々と塀をのりこえる。

すぐにかすかなきしみ音をたてて、門が内側からわずかに開いた。親鸞《しんらん》は周囲に気をくばりながら門を抜けた。

雲間から月の光がもれてきて、急にあたりが青白く浮かびあがった。二人は庭木の陰に身をひそめて、周囲の様子をうかがう。

正面から見ると、守護代《しゅごだい》一族の屋敷は意外なほど大きい。渡り廊下でつながれている西側の建物が、侍《さむらい》、郎党《ろうとう》たちの住み家だろう。その背後に大きな倉がそびえている。

東側が従者《じゅうしゃ》たちの寝所だろうか。五十人あまりもいるという下人《げにん》たちの小屋の影が、そのうしろにうずくまるように黒々と見えた。

「名香房《みょうこうぼう》に合図をする」

長次が両手を口の前であわせて、ほう、ほう、と夜鳥の鳴き声のような声をたてた。すぐに西の門のほうで、おなじ声がきこえた。

白覆面《しろふくめん》の宗元《そうげん》が、足音をしのばせて、すばやくはいってきた。侍所の横を抜け、倉のほうへ姿を消す。

「さて、つぎは下人小屋の騒ぎだな」

すこし間があって、名香房が合図を送ったらしく、不意に下人小屋の方角から、けたたましい男たちの喚声《かんせい》と女の悲鳴がわきおこった。

同時に小柄な男の影がひとつ、野犬のように小屋から走りでてきた。その男は髪をふりみだし、着物の裾《すそ》をはだけて、館の背後の崖《がけ》に突進する。

男は崖の上からたれさがっている蔦《つた》の根にすばやくとびついた。そして、木の根や岩などを足がかりに、ぐいぐい絶壁をよじのぼっていく。

「すげえ野郎だ」

長次が歎声《たんせい》をあげた。

「猿公《えてこう》どころじゃないぜ。あれじゃ、絶対につかまりっこねえな」

下人小屋の騒ぎがさらに大きくなった。はげしく鍋釜《なべかま》をたたく音もきこえる。従者の建物から数人の男たちが駆けだしてきた。つづいて、武具をつけた武者《むさ》たちが、弓矢や長刀《なぎなた》をたずさえて姿をあらわした。総勢十数人はいるようだ。

叫び声が夜の中にとびかう。

「下人《げにん》が逃げたぞ!」

「追え! 追え!」

「裏の山だ!」

「ほかの連中を逃がすな」

騒ぎをききつけたらしく、守護代《しゅごだい》の建物から寝間着の若い男が姿をあらわした。親鸞《しんらん》はその顔には見おぼえがあった。以前、直江《なおえ》の津《つ》の広場で、人買い商人たちの用心棒をつとめていた守護代の次男坊だ。

その男は、前庭に集まってきた家人《けにん》、武者たちに甲高《かんだか》い声で命じた。

「二手にわかれろ。下人たちの騒ぎをおさえるのは家の者にまかせて、あとは逃げた下人を追え! 馬を使ってつかまえるのだ」

「崖《がけ》をつたって山へ逃げたようです。馬は使えませぬ」

「くだくだいうな! 言《は》ってでも追え。かならず捕らえよ!」

弓矢を手にした武者たち数人が、馬小屋のほうへ走った。男たちは、下人小屋と、東門と二手にわかれて駆けだしていく。

「そろそろ出番のようだぜ」

長次《ちょうじ》が木陰《こかげ》からたちあがって、親鸞をふり返った。

「ひと騒ぎしてやろう。そのあいだに名香房《みょうこうぼう》が娘っ子をつれだすのが見えたら、退却だ。逃げるときは、おいらの前を走るんだぞ。うしろから矢を射かけられても、こっちは背中に箱をしょってるから心配ねえ」

「承知」

親鸞は体の中に、なにか熱いものが沸きたつのを感じた。それはかつて比叡山《ひえいざん》で仲間をかばって、悪僧らと戦ったときにおぼえた異様な衝動だった。

えたいの知れないけものが、自分の中にすんでいる。念仏者である自分と、正反対の戦う自分がそこにいる。

長次はたちあがると、ゆっくりと庭を横切り、守護代の息子の前にあゆみよった。

そして大声でよびかけた。

「おう、しばらくだったな」

「何者だ！」

「直江の津の広場で、挨拶《あいさつ》はすんでるはずだぜ。親父《おやじ》さんは、お達者かい」

守護代の息子は、じっと長次と親鸞をみつめた。奇妙な笑みがその顔に浮かんだ。

「ふむ。やはりきたか。待っていたぞ」

「そうか。そいつはうれしいね」

と長次《ちょうじ》が乾いた笑い声をたてた。

「こないだは高い銭《ぜに》でやとった用心棒の先生が、トクさんの念仏一発でぶっ倒れて大《おお》恥《はじ》をかいたよな。その仕返しをしようと、質流《しちなが》れの小娘を餌《えさ》につかっておいらたちをおびきよせたつもりだろう。それくらいのことは、ちゃーんとお見通しの上でやってきたのさ。悪いが、サトという娘《こ》はもらっていくぜ」

一気にまくしたてる長次の言葉に、守護代《しゅごだい》の息子は引きつったような微笑を浮かべていう。

「いいだろう。世の中はそう甘くはないのだ。うしろを見ろ」

なにやら背後にただならぬ気配を感じて、親鸞《しんらん》と長次は同時にふり返った。

次第《しだい》に明るさをましてくる月光の下に、奇妙な影がうごめいている。そこにうごめいているのは、人間ではなかった。長い尾をもった灰色のけものたちである。

〈山犬《いぬ》だ〉

狼《おおかみ》かもしれない、と親鸞は思った。

目をこらすと、夜目にも赤い口と、鋭い歯が見える。先頭にひときわ凶悪な面《つら》がまえの犬がいた。体にくらべて、顔が異様に大きい。片方の耳がひきちぎられたように根元で切れている。そいつは十数匹の他の犬たちを背後にしたがえて、火のような目で親鸞をにらみつけている。

「武芸者が頼りにならないから、犬遣《つか》いをやとったのだ」

守護代の息子がいって、顎《あご》をしゃくると、一人の男が音もなく犬たちのうしろにあらわれた。

「この犬たちには、前に逃げようとして捕まった下人《げにん》を食わせたこともある。人の肉の味をおぼえた山犬たちだ。犬遣いがひと声命じれば、おまえたちは骨までしゃぶられるだろう。おとなしく降参すればよし、逆らうならそこで犬たちに食われろ。どうする」

先頭にたった片耳の犬が、かすかに唸《うな》った。地の底からわきあがるような、無気味な声だった。なまぐさい息のにおいがする。

「やべえよ」

長次の声が震《ふる》えている。

「トクさん、念仏たのむ。こういうときのためにきてもらったんだからな」

「どうする」

守護代の息子が、かさねてきいた。

「降参するか」

「しない」

と親鸞《しんらん》はかすれた声でいった。

山犬《いぬ》たちの唸《うな》り声が大きくなった。親鸞はふり返って犬たちを見た。先頭にいる片耳の犬が、かすかに片方の前脚《まえあし》をあげた。一瞬で飛びかかれるように、前のめりになった姿勢で親鸞と長次《ちょうじ》の動きをじっと計《はか》っている。

背後の犬遣《つか》いの男は、両手を左右に翼のようにひろげて犬たちを制していた。彼が手を打ち合わせて合図の音をだせば、犬たちは一気に攻撃してくるだろう。人肉の味をおぼえた犬は、ただの犬ではない。鋭い歯が自分の体を食い裂くさまを想像して、親鸞は心臓が口から飛びだしそうになった。

「自慢の念力《ねんりき》はどうした」

と、守護代《しゅごだい》の息子が嘲《あざけ》るようにいう。

「人には通じても、けものにはきかないのか」

「なんとかしろ、トクさん。おいら、犬はめっぽう苦手なんだ。やべえよ、これ」

長次が悲鳴のような叫びをあげた。

「南無阿弥陀仏《なむあみだぶつ》――」

と、親鸞は声にだして念仏した。すると一瞬、体の震えがとまった。親鸞ははっとした。

「南無阿弥陀仏」

もう一度、念仏する。体の奥から自然にわきあがってきた声だった。

「南無阿弥陀仏――」

三度目の念仏で胸の鼓動がしずまった。自分が透明になったような気がした。

人の命のはかなさは、幼いころから身にしみて知っている。鴨の河原に捨てられた
骸《むくろ》はみな、野犬に食われ、雑草の葉陰で腐り、水に流されていったのだ。

どのように死のうと、人はかならず浄土に往《ゆ》く。ただ念仏して浄土に生まれると信じるだけだ。そう法然上人《ほうねんしょうにん》に教えられたではないか。犬に食われようが、魚の餌《えさ》になろうが、そんなことはどうでもよい。

「そうか。あくまで逆らうのか。よし」

と、守護代の息子が目をつりあげていった。彼は犬遣いに合図をしようと片手をあげた。その手がふりおろされようとしたとき、突然、待て、という野太い声がして、守護代の息子の横に、大きな影がゆっくりとあらわれた。

「わしは、守護代の戸倉兵衛《とくらひょうえ》だ」

と、その影はいった。そのとき月光がさして、守護代《しゅごだい》の顔が青白く浮かびあがった。黒い眼帯《がんたい》をかけ、片方の目だけが鋭く光っている。堂々たる身構えだ。きゃしゃな息子とちがって、肩幅も広く、首も太い。よく響く声で、

「そなたが日野《ひの》家の親鸞《しんらん》どのか」

「流人《るにん》、禿《とく》親鸞です」

戸倉兵衛《とくらひょうえ》は、意外におだやかな口調で、そうか、と、いった。

「親鸞、わしは、そなたを味方につけたいと思っているのだ。なぜだと思う」

「わかりません」

「わしには、あの外道院《げどういん》と対抗する強い法力《ほうりき》の持ち主が必要なのだ。いずれわしは、この越後《えちご》の主《ぬし》になる。そのためには、民《たみ》、百姓《ひやくしよう》がおそれうやまう旗印《はたじるし》がいる。わしと組んで、その役をはたしてもらいたい」

戸倉兵衛は言葉をつづけた。

「そなたは都《みやこ》の有力な貴族がたとも縁《えん》があるときいた。学問もある。仏の教えにもくわしい。いずれ罪も免じられるだろう。巷《ちまた》では外道院にまさる念力《ねんりき》をそなえていると噂《うわさ》の的らしい。わしと組め。寺もたててやる。学問もさせる。鎌倉の念仏停止《ちょうじ》からも守ってやる。どうだ」

親鸞は答えなかった。背後で犬たちがじれて、凶暴な唸《うな》り声をたてた。長次《ちょうじ》はその場にうずくまって、震えながらじっと親鸞を見あげている。

「いやか」

と、戸倉兵衛はいった。静かな声だった。

「それなら、しかたがない。犬たちも腹をすかせているでな」

戸倉兵衛は二、三度うなずくと首をふり、背中をむけた。姿を消す前にふり返っていった。

「そうだ。いっておくことがある。あの娘は倉にはとじこめてはいない。ほれ、こうしてここにいる」

戸倉兵衛は部屋の扉《とびら》の陰から、物《もの》をあつかうように無造作《むぞうさ》に人影を引きだした。

「あの娘《こ》だ」

と、長次がうめいた。

「名香房《みょうこうぼう》のやつ、だまされたな」

月の光のなかに、サトの姿が見えた。乱れた衣《ころも》を前でかきあわせ、人形のように無表情に立っている。胸がはだけて、白い肌が見えた。

「サト、おまえにも、見せてやろう。山犬に食われる人間の姿をな。わしのいうことを素直にきかぬと、おまえも同じことになる」

「そうはならぬ」

と、サトはいった。それは若い娘の声とは思えぬ奇妙な声だった。親鸞《しんらん》は背中に刃物をあてられたような気がした。なにか聞く者の心をぞっとさせるような、異様なひびきをもつ声だったからである。

〈狂ったか〉

と、親鸞は一瞬、感じた。その場にいるみなが、体がしびれたようにしんと静まり返った。犬《いぬ》たちまでも唸《うな》り声をとめて、じっとしている。

「わたしは、白山《しらやま》の主《ぬし》の神婢《しんぴ》である。すでに人ではない」

と、サトはいった。その言葉には、越後《えちご》に生まれ育った娘の言葉のなまりは、まったくなかった。なにか物《もの》の怪《け》に憑《つ》かれたような怪しい声だった。

「この犬たちは、もうこれ以上、人を害することはない。そこにいる片耳の犬は、ゴンだ。わたしが名づけた。かつて祖母とともに夜の畠守《はたも》りをしているとき、おまえが里人《さとびと》のしかけた罠《わな》にかかって血を流していたのを、わたしが助けた。そうであろう、ゴン。おぼえているか。おぼえているなら、鳴いてみよ」

一瞬おいて、背後で腹をしめつけるような遠吠《とおぼ》えがおこった。親鸞がふり返ると、尾をたれた片耳の犬が、尻《しり》を地面につけ、首をあげて鳴いている。その声は夜の中を長くどこまでもひろがっていった。

「そうか。おぼえていたか、ゴン。もうよい。山に帰れ。ここはおまえたちのすむ場所ではない。山に帰り、二度と里におりてくるでないぞ。ゆけ、ゴン、山へ。さあ」

片耳の犬がひと声、高くほえた。その声にこたえるように、犬たち全部が首をあげて遠吠えした。その声が切れると、犬たちは土をけって跳躍し、いっせいに走りだした。彼らは制止する犬遣《つか》いをはねとばし、次々に塀《へい》をとびこえて闇《やみ》の中に消えていく。

「どうなっている。犬は、犬たちは――」

守護代《しゅごだい》の息子が金切《かなき》り声《ごえ》をあげた。

そのとき白覆面《しろふくめん》の名香房宗元《みょうこうぼうそうげん》の影が不意に横からあらわれて、サトの体をかつぎあげた。衣《ころも》がまくれて、娘の裸身が、夜目にも白くあらわになった。

「いまだ。逃げろ！」

長次《ちょうじ》に背中を突かれて、親鸞は走りだした。宗元が西門からすばやく姿を消す。

「おいらの前をいけ！」

長次にせきたてられて、親鸞は走った。

ヒュウと音をたてて、矢が体すれすれに飛ぶ。馬のひづめの音もおこった。門をぬけ、石垣をとび降りて、親鸞《しんらん》はただ走った。背後で吹矢《ふきや》の音がきこえ、馬のいなきがきこえた。

「やったぞ」

と、長次《ちょうじ》が叫んだ。

夏の終わり

その年の夏は、異常な夏だった。

梅雨《つゆ》の時期が極度にみじかく、突然、夏になったかと思うと、妙に冷たい風が吹いた。

親鸞《しんらん》たちが守護代《しゅごだい》の館《やかた》を襲《おそ》った夜から、すでに二ヵ月がたっている。

意外だったのは、戸倉兵衛《とくらひょうえ》の側からの報復《ほうふく》めいた動きが、一切なかったことだ。まるで何事もおこらなかったかのように、守護代側は鳴りをひそめていた。

「なにか企《たくら》んでやがるにちげえねえ」

と、長次《ちょうじ》はいっていたが、いっこうにその気配《けはい》はない。それがかえって無気味《ぶきみ》だった。

救いだされたサトは、郡司《ぐんじ》の役所の、以前、親鸞たちが住んでいた小屋にかくまわれている。

最初は六角数馬《ろくかくかずま》が役所の雑用をさせようとしたのだが、すぐに無理だとわかったらしい。

サトは、すでに里の百姓《ひやくしよう》の娘ではなかった。まるで人格が一変したように、神がかりの状態がずっとつづいているのだ。

その言葉づかいには、越後《えちご》のなまりは一切なく、発する声も娘の声ではない。手足の動きは、傀儡師《くぐつし》が操《あやつ》る人形のようにぎくしゃくし、目には青い光が宿っていた。なによりも周囲をおどろかせたのは、彼女が食物を一切とらず、水も飲まないことだった。

「神饌《しんせん》は酒だけでよい」

と、彼女はいい、一日二回、盃《さかずき》に三杯ずつ濁《にご》り酒を飲むだけだという。陰でこっそり飲食しているのではないかと疑う者もいたが、六角数馬は、はっきりとそれを否定した。

「戸倉《とくら》にやられて、キツネが憑《つ》いたんじゃねえのか」

と、長次《ちようじ》がいうのを、名香房宗元《みようこうぼうそうげん》はおごそかな顔で首をふり、

「あの娘《こ》はすでに人ではない。おれにはわかるのだ。白山《しらやま》の神が彼女の体に降りられたのだ。まちがいない」

しかし、親鸞《しんらん》にはどうしても納得がいかないところがある。

仏は成《な》るもの、神は在《あ》るもの。

と、いうではないか。

あの娘は、正気ではとても耐えることができないほどの 辱《はずかし》めを受けたのだろう。そして、みずから狂うことでそれを乗りきろうとしたのではないか。しかし、わからないことは多かった。

そのころ、思いがけない便りが京の都《みやこ》から親鸞のもとにとどいた。

それは犬麻呂《いぬまろ》からの手紙である。長い時間をかけて人の手で運ばれてきたので、状《じょう》袋《ぶくろ》は汚れているものの、いかにも達者な筆づかいだった。

日野《ひの》家の召使《めしつか》いだった犬丸が、独立して成功し、葛山《くずやま》犬麻呂として世間に知られる商人《あきんど》となるあいだに、ひそかに書も学んだのだろうかと親鸞は感心した。

恵信《えしん》は親鸞のまぢかにくっついて坐《すわ》り、心せく様子で彼の表情をみつめている。

「よかった」

と、親鸞は顔をほころばせた。

「法然上人《ほうねんしょうにん》が正式に罪を許されて、いまは摂津《せっつ》の勝尾寺《かちおうじ》に滞在されておられるそうだ」

「なんとうれしいことでしょう」

二人は顔を見合わせて、うなずきあった。心が急に明るくなったようだった。

しばらく文面に目をはしらせていた親鸞《しんらん》の顔に、かすかな影がさした。

「なにか――」

と、恵信《えしん》が敏感にたずねた。

「気になるしらせでも」

「いや、どういえばよいか」

ため息をつくと、親鸞はどこか困惑した表情を見せた。

「そなたの妹、鹿野《かの》どののことだが」

「鹿野がどうかしましたか」

恵信は小さく叫ぶようにいった。

「これまで手をつくして行方《ゆくえ》を探してきたのだが、いまだに消息がつかめないらしい」

恵信は指で目頭をおさえた。彼女が妹の鹿野に対して、人にいえない深い罪悪感をいだきつづけていることを親鸞は知っている。それは親鸞自身もそうだった。

六条河原《ろくじょうがわら》で斬首《ざんしゅ》された安楽房《あんらくぼう》の生首をかかえて走りさった鹿野の姿は、いまも目に焼きついていて離れない。

「鹿野どのの残した女の児《こ》のことだが――」

と親鸞は口ごもった。

「サヨどのがやさしく世話をしているので、日に日にすこやかに成長しているそうだ。だが、ときどき実の母を求めてか、ひどく泣き叫んでやまないときがあるそうな」

「わたくしを京都へいかせてください」

と、不意に恵信がいった。

「その子をわたくしが育てます。よろしいでしょう？」

有無《うむ》をいわせない強い口調だった。

「そなたが都《みやこ》にのぼるというのか」

「はい」

「犬麻呂《いぬまろ》どののところへか」

「はい」

恵信はまっすぐに親鸞をみつめた。こうときめたら、てこでも動かない恵信であることを親鸞は知っている。

「鹿野《かの》どのの子は、いまはいくつになっているのだろう」

四歳です、と恵信《えしん》は即座にこたえた。恵信は鹿野とその娘のことを、常日頃《つねひごろ》、ずっと考えつづけていたのだろうか。

「その子を都《みやこ》からつれてきて、この家で育てるというのだな」

「わたくしたちの子として育てようと思うのです。いけませんか」

親鸞《しんらん》は腕組みして考えこんだ。恵信も、親鸞も、鹿野に対してはずっとある種の負い目のような気持ちをいだいて生きてきていた。

恵信の妹である鹿野が、親鸞にひそかに心をよせていたことは、二人とも知っている。いや、ひそかに、ではなく、一途《いちず》に、といったほうがいい鹿野の態度だった。

親鸞と恵信のあいだに自分が割りこむすきがないとさとったとき、彼女は突然すてばちな行動にでて、安楽房遵西《あんらくぼうじゅんさい》のもとにはしったのだ。

そして結果的に遵西の子を宿《やど》した。きっかけはどうであれ、やがて鹿野は次第《しだい》に遵西を愛するようになっていったのだろう。

六条河原《ろくじょうがわら》で安楽房遵西が斬首《ざんしゅ》された日のことを、親鸞は決して忘れることがない。上皇《じょうこう》の怒りがあの念仏者を死へおいこんだのである。

切断され、河原に転がった遵西の首を、群集のなかから走りでた女が、一瞬のうちにうばいとり、胸にかかえて走りさった。それが鹿野だ。あのときの情景を、親鸞は夜ごと日ごと、くり返しいまも思いだす。

かつて自分が鹿野に対して、どのような態度で接していたのか。若い情熱的な彼女の視線を、思いあがった男の余裕でうけとめていたことは否定しようがない。

彼女が行方《ゆくえ》知れずになったそもそもの原因は、自分にある。この自分に罪があるのだ。そう思いつづけてきた。

「わかった。そなたの考えるとおりにしよう」

親鸞はうなずいていった。

やがて恵信は、あわただしく京都へ旅立っていった。

彼女に同伴したのは、長次《ちょうじ》である。

恵信が都にのぼるという話をききつけると、彼はすぐさま親鸞のところへやってきていった。

「おいらが恵信さまの用心棒になる。心配かね」

「いや、べつに」

長次は軽々しい男だが、どこかに筋のとおったところがあって、親鸞は信用していた。それに恵信《えしん》に対しては、最初から一目《いちもく》おいて接している気配がある。万事なにごとにつけて要領のいい長次《ちようじ》なら、きっといい案内役になるだろう。

「おいらが恵信さまと同じ宿に泊まっても、気にならないのかい」

「恵信どのは、あれでなかなか人を見る目がきびしいのだよ」

「ちぇっ。いってくれるじゃねえか」

出発する朝、恵信は親鸞《しんらん》に小声できいた。

「法然上人《ほうねんしようにん》さまに、なにかおことづけはございませんか」

親鸞はすこし考えてから答えた。

「いや、いまはとりたててお伝えすることもない。お元気かどうか、人づてにご様子をうかがってきてくれれば十分だ」

直江《なおえ》の津《つ》から船にのる恵信たちを、親鸞は名香房宗元《みようこうぼうそうげん》とともに見送った。長次のほかに、越後布《えちごふ》を仕入れてもどる近江《おうみ》の商人二人が同船していた。

「おれも一度は都《みやこ》を見てみたかったのだがのう」

と、名香房は残念そうにいう。

「あの神がかりした娘を、そのままほうってておくわけにはいかぬのでな」

守護代《しゆごだい》のところから奪《うば》いかえしてきたサトという娘は、その夜以来ずっと様子がかわらない。祖母と会っても表情もかえずに、そなたの命はあと半年であろう、とすげなくいい捨てただけだったという。

かくまってくれている六角数馬《ろくかくかずま》に対しても、まるで使用人に接するような口のきようである。一日数杯の濁《にご》り酒を飲むだけで、肌つやもよく、やつれた気配もまったくない。名香房宗元は、そんな娘に、まるで従者《じゅうしゃ》のようにつかえていた。

そのことよりも、親鸞には、このところずっと気になっていることがあった。

奇妙なほど短かった梅雨《つゆ》があけて以来、ずっと冷たい夏がつづいている。例年ならうだるような暑さが山野をおおうはずなのに、その年はなぜか朝夕は肌寒ささえ感じることがあった。

しかも、雨が降らない。いつもなら中山《なかやま》や米山《よねやま》の上にかかる雲が、はげしい夕立をもたらすこともあるのに、そんな雨さえ降らないのである。

旱魃《かんばつ》というのでもない。農作物の病《やまい》がつづいて、田畠《たはた》が枯れはてるのでもない。ただ冷えびえと乾いた風が野山をわたるだけだ。

「こんな気候は、これまで全国を歩いてきたわたくしにも、おぼえがありません」

と、六角数馬はいっていた。

「世間には、いろんな噂《うわさ》がながれておりますようで」

どんな噂ですか、と親鸞《しんらん》はきいた。六角数馬《ろくかくかずま》はすこしいいよどむ様子で、ひとつ咳《せき》ばらいをすると、

「守護代《しゅごだい》の戸倉《とくら》さまが、川の上流に大きな溜《た》め池《いけ》をおつくりになっておられます」

その話は親鸞も噂にきいて知っていた。これまでにない巨大な貯水池の工事がすすんでいるらしい。

六角数馬は言葉をつづけた。

「河川《かせん》はわたくしども郡司《ぐんじ》の管理いたすところでございますが、守護代はまったく無断で上流に堰《せき》をつくりました。いろんな用水を勝手に改修して、水路をその溜め池につないでいるのです」

これまで何度となく名主《みょうしゅ》、百姓《ひゃくしょう》たちからも苦情がきているのだが、国司《こくし》側は守護代に遠慮して訴えをとりあげようとしない。そのために、いまや守護代の溜め池がこの地の水利《すいり》を支配することになりかねないのだ、と六角数馬は親鸞に説明した。

「その大工事のために、守護代は多くの下人《げにん》を買い入れて、昼夜寸刻《ひるよるすんこく》の休みもあたえず酷使しております。松明《たいまつ》をつけて夜間の工事がおこなわれるありさまは、未曾有《みぞう》のことだと人びとは噂しあい、ついにはこんな歌さえもはやっておりますとか」

六角数馬は太い喉頸《のどくび》をふるわせて、たくみな節回《ふしまわ》しをきかせた。

〽戸倉の下人は乞食《こじき》よりつらい
　　乞食　夜寝て昼かせぐ

「お上手ですな。歌が」

親鸞は思わず手をうって、ほめた。けっしてお世辞ではない。丸々と肥《ふと》った六角数馬の歌声には、繊細《せんさい》で微妙な節回しだけでなく、人の心にしみいるような味わいがあったのだ。

「いや、いや、お恥ずかしい」

六角数馬は苦笑して、

「若いころ、いささか今様《いまよう》などの歌をかじったことがございまして」

「今様ですか」

親鸞はふと、懐《なつ》かしいものにであったような気がした。今様は親鸞が若いころには、すでに時代の流行からはややすたれかかっていた芸能である。しかし、親鸞はその古風な味わいが好きだった。親鸞はひとりごとのように、

「わたくしの祖父は、今様《いまよう》の名手といわれたこともあったそうです。わたくしも若いころ比叡《ひえい》のお山で、梵唄《ぼんばい》や伽陀《かだ》、声明《しょうみょう》念仏などを学んだものでしたが、むしろ巷《ちまた》の今様などに惹《ひ》かれるところがありまして」

そんなことから六角《ろくかく》どのの歌声には、ひとしお感じいるところがございました、と親鸞《しんらん》はいった。

「そうですか。では、親鸞どのは本格的に歌を学ばれたのですね」

「とんでもない。わたくしの同門の念仏者に、安楽房遵西《あんらくぼうじゅんさい》という男がおりましたが、その念仏歌唱の声の美しさといったら、たとえようもありませんでした。いま、六角どのの歌をきいて、そんな昔のことどもを懐かしく思いだしていたところです」

それにしても、だれとも知れぬ歌の作り手は、巧みなことをいうものだ、と親鸞は感心した。

乞食《こじき》　夜寝て昼かせぐ、とは、守護代《しゅごだい》の家の下人《げにん》たちは、夜も寝るまもないほど働かせられている、ということだろう。

「で、その溜《た》め池《いけ》の工事と、この異常な気候とは、どのように――」

親鸞の言葉に六角数馬《かずま》はうなずいて、

「その工事のために、戸倉《とくら》はさまざまな田畠《たはた》を押領《おうりょう》しました。それだけでなく、地元の人たちが長く守ってきた竜神《りゅうじん》の祠《ほこら》までをつぶしたというのです」

「竜神の祠、ですか」

「蛇抜《じゃぬ》け、という言葉をご存じですか」

と、六角数馬はきいた。

「蛇抜け、ですか？」

きいたことがありません、と親鸞は答えた。六角数馬は、あたりをはばかるように声をひそめて、

「わたくしが昔、信濃《しなの》の山地におりましたときに、蛇抜け、ということがしばしばございました」

信濃の山深い村では、たびたび大きな災害がおこることがあった、と彼は説明した。山腹が不意に崩れて、土石《どせき》が奔流《ほんりゅう》となってながれくだる。谷あいの集落をのみこみ、里までもおおいつくす巨岩土砂の流出を、地元の人びとは山に棲《す》む大蛇が水をもとめて谷を疾《はし》ったのだと考えて、それを蛇抜けとよんだという。

「山地には、神木《しんぼく》とされる古い樹木を勝手に切ったり、竜神の祭りをおこたったりすることをおそれる風習がございます。こんどの溜め池工事のために、守護代が古くからある竜神の祠を切り崩したことを、人びとはたいそう不安がっておりました。蛇抜

けのような異変がおこるのではないかと心配しているのです。この夏がおそろしいほどの冷夏となり、一滴の雨も降らぬ日がずっとつづくのも、竜神《りゅうじん》のたたりだとみなが噂《うわさ》しあっております。このままでは、今年は年貢《ねんぐ》さえまったく納めることのできぬ悲惨な年になりかねません。すでに飢餓《きが》がはじまっております。なんとしてでも、雨を――」

六角数馬《ろくかくかずま》は、口をつぐんで親鸞《しんらん》の顔をじっとみつめた。

親鸞はひどく居心地の悪い感じをおぼえて、目をそらせた。

「じつは、数日まえに――」

と、六角数馬が思いきった口調でいった。

「わが家の主人《あるじ》の荻原《おぎわら》さまが、国司《こくし》の館《たち》によばれました。ふだんはあまり仲のよくない国司側からのお声がかりで、ひさびさに参上しましたところ、意外な顔ぶれが勢ぞろいしていたそうです」

国司の守《かみ》をはじめ、守護代《しゅごだい》、地頭《じとう》、預所《あずかりどころ》、荘園《しょうえん》の武士たち、そして寺社、商人《あきんど》の名だたる者など、この地の有力者がぜんぶ集まっていたのだ、と、六角数馬はいった。

「なるほど」

親鸞はうなずいて、

「この際、呉越同舟《ごえつどうしゅう》でなにかをやろうというわけですか」

「あなたにお願いしたいそうです」

と、六角数馬はいった。


六角数馬とひさしぶりに長話をした日の夜、親鸞は恵信《えしん》のいない家の縁側にひとりすわって、ぼんやりと竹の葉がゆれる様子を眺めていた。

星は見えない。夜風は涼しいというより、うすら寒さを感じさせる冷たさである。

〈まるで秋の暮れのようだ〉

親鸞はため息をついた。なんともいえない空虚なさびしさが、心にわいてくる。

たぶん恵信がそばにいないからだろう、と思う。

長次《ちょうじ》との道中は、うまくいっているだろうか。あの男が、恵信にわるさをしかけたりはしないだろうか。嫉妬《しっと》とも不安ともつかぬ奇妙な感情が頭をもたげてくるのをおぼえて、親鸞は身じろぎした。比叡山《ひえいざん》にいたころもそうだったが、なんという生《なま》ぐさい自分だろうか。

いや、そんな人一倍はげしい煩悩《ぼんのう》にみちた自分だからこそ、念仏への道を選んだのだ。選んだ、というのではない、そのような自分には、この道しかなかった。悪人往生を説いて流罪《るざい》にまでなった法然上人《ほうねんしょうにん》との出会いも、この自分の業《ごう》の深さあればこそだろう。

思いにふけりながら、ぼんやり庭先を眺めていると、不意に竹藪《たけやぶ》のなかから、黒い影がはいだしてきた。一瞬、野犬かと思ったが、そうではなかった。

親鸞《しんらん》は、その黒い影が庭先をはって縁先まできたとき、ようやくそれが一人の男であることに気づいた。

「お坊さま」

と、その黒い人影はあえぐようにいった。

「どうぞ、お助けを」

夜のなかに、中年のげっそりと痩《や》せほそった男の顔が浮かんだ。その男は片手で体をささえるようにして、親鸞の足もとにひざまずいた。

「どうされました。なにごとですか」

「水を。水を一杯、いただけますか」

親鸞はすばやくたって井戸の水を茶碗《ちゃわん》にくみ、男にわたした。男はごぼごぼと音をたてて一気に水をのみほすと、片手で親鸞を拝《おが》むようなしぐさをし、地面に額をこすりつけた。

「突然に推参《すいさん》いたして申し訳ありません。戸倉《とくら》の館《やかた》から逃げた下人《げにん》でございます」

「守護代《しゅごだい》の戸倉のところから――」

親鸞は、あの夜、猿《ましら》のように館の裏の崖《がけ》をよじのぼっていった男のうしろ姿を思いだしておどろいた。

親鸞は思わずあたりをうかがった。ほかに人影はない。親鸞は男を部屋にまねきいれた。

とりあえず煮豆と、味噌《みそ》漬けの野菜を皿によそって男の前においた。何か食べるものを、と、自分からは求めない男に、どこか狷介《けんかい》な矜持《きょうじ》のようなものを感じたのだった。

無言で一礼すると、男はむさぼるように豆を食べた。喉仏《のどぼとけ》が上下して、骸骨《がいこつ》のように削《そ》げた頬《ほお》が震《ふる》えている。

「ありがとうございます」

と、男は頭をさげて、鉄杖《てつじょう》と申します、と名のった。

「下人仲間たちからは、テツとだけよばれておりますが」

「名香房宗元《みょうこうぼうそうげん》どのと、なにかご縁《えん》があったとかうかがいましたが」

と、親鸞《しんらん》はたずねた。

「はい。若いころ、山でともに修行をいたしました仲間でございます」

「宗元《そうげん》どのの話では、戸倉《とくら》の館《やかた》を逃げたあとは、外道院《げどういん》の河原へ身をよせる手はずがととのっていたのではありませんか」

「はい。それが事情がありまして――」

河原にかくまってもらえず、ただひたすら山中に身をかくして逃亡生活を送っていたのだが、ついに精根つきはてて里にたちもどりました、と、鉄杖《てつじょう》は語った。

「お恥ずかしいことですが、若いころとちがって、木食《もくじき》では体がもちません。ひそかに里におりたとき、たまたまある人から、あなたさまの噂《うわさ》を聞きました」

どのような噂ですか、と親鸞はたずねた。

「外道院を上回る、すごい法力《ほうりき》の持ち主だと。守護代《しゅごだい》のところの山犬《いぬ》たちも、あなたさまの念仏ひとつで、尾をたれて逃げだしたとか」

「それはちがう」

親鸞は思わず声をあららげた。すぐにその口調をあらためて、わたしにそんな法力などあるわけがない、と苦笑していった。でも、と鉄杖は首をふって、

「いいえ、あのサトという娘も、あなたさまの法力で神がかりしたとか聞きました」

それもちがう、と、いいながら、親鸞はこれ以上、弁解めいたことをいうのが徒労のように感じられて黙りこんだ。

「わたしをあなたさまの弟子にしていただきたいのです」

と、鉄杖はいった。

その晩、親鸞は鉄杖と名のった男と、枕《まくら》をならべて寝た。なんとなく事のなりゆきで、そうなってしまったのである。

親鸞はふだん、恵信《えしん》と身をよせて寝ていた。一枚の苧経《おだて》をしき、薄いかけ布団をかけただけの粗末な夜具だった。

親鸞がいっしょに夜具にはいるようにすすめると、鉄杖はとんでもない、と手をふって、

「どこの馬の骨ともわからぬ男に、そんなに親切になさってはいけません。こんな世の中ですから、もっと用心なさらなくては」

「命以外にとられるものもないのです。それに念仏坊主の命をうばう物好きもいないでしょうから」

鉄杖は土間の隅《すみ》から一枚のむしろをもってきて、その下にもぐりこんだ。

「雨露をしのぐ屋根の下に寝るのは、ひさしぶりのことです」

あたりは静かだった。ときおり竹藪《たけやぶ》を吹きすぎる風の音がきこえる。どこか凶々《まがまが》しい気配《けはい》を感じさせる風の音だった。肩にかけた夜具に、かすかに恵信《えしん》の匂いがして、親鸞《しんらん》は無性《むしょう》にさびしくなった。今夜は話し相手がいて、よかった、と思う。

「お坊さまは、流人《るにん》でいらっしゃるとか」

鉄杖《てつじょう》が遠慮がちにきいた。

「親鸞、とよんでください。いまはすでに僧ではない。禿《とく》、親鸞と名のっています」

「わかりました。これからは、わが師、親鸞さま、とよばせていただくことに」

わたしは弟子というものをもたないのだ、と親鸞はいった。

「仏の前には、すべての人は平等なのだと思っているので」

「でも、親鸞さまは法然上人《ほうねんしょうにん》の弟子だったとか、もれ聞いておりますが」

「たしかに」

親鸞は闇《やみ》のなかでうなずいた。自分は二十九歳のとき、比叡山《ひえいざん》をおりて、法然門下にくわわった。三十三歳でめったに許されぬ『選択本願念仏集《せんちゃくほんがんねんぶつしゅう》』の書写《しょしゃ》の機会もあたえられている。名前もいただき、生涯の師としてあおぎ、一日たりとも忘れたことはない。

「たしかにわたしは法然門下の一員だった。でも、上人がわれらを弟子として見られたことは、一度もなかったように思います」

「では、わたしもそのように。勝手に心の弟子、ときめさせてください」

困ったことだ、と親鸞は思う。

早耳《はやみみ》の長次《ちょうじ》も、以前そんなことをいっていた。彼は親鸞になにか特別な念力《ねんりき》があるかのように思いこんで、それを弟子になって教わりたいと思っているらしい。

「鉄杖どの」

と、親鸞は暗い天井を見あげながら、ひとりごとのようにいった。

「失礼ないいかたかもしれぬが、この地の人びとは、ほとんど念仏についておわかりになっていないように思われる。念仏を、なにか呪文《じゅもん》かお祈《いの》りのようにまちがって考えておられるのです。あなたもそうらしい。もしあなたに、わたしの話をきく気があれば、これまでに学ばれた一切のことを忘れさって、赤子《あかご》のようにうけ入れてほしい。いや、それは無理なことです。法然上人は、痴愚《ちぐ》にかえれ、とおっしゃった。でも、人はいったん身につけたものを捨てても、最初から何ももたなかった者になることはできない。わたし自身つくづくそう思うのですから」

「それは、たとえば富者《ふしゃ》がその財を捨てて乞食《こつじき》になっても、むかし富者だった乞食でしかない、ということですか」

「痴愚《ちぐ》のふりをしても、過去は消えないのです。現に、わたしはいま、郡司《ぐんじ》の役所の書きものや、あちこちから頼まれる写経《しゃきょう》、写本《しゃほん》などをひきうけて、暮らしの足《た》しにしている。朝から晩まで筆をおくいとまもないほど忙《いそが》しいのです。また荘官《しょうかん》の子弟たちや、名主《みょうしゅ》、商人《あきんど》の息子たちに四書五経《ししょごきょう》の手ほどきもする。すべて過去に身につけた知識のはしくれだ。痴愚どころか、都《みやこ》からやってきた智恵者《ちえしゃ》のような顔をして日を送っているのです。智者のふるまいはするな、と、つねづね教えられたことを思いだせば、恥ずかしいかぎりです。こんなことを口にしたことはないのですが、なぜか初対面のあなたについ長々と――」

恵信《えしん》のいない心細さのせいかもしれない、と思ったが、それはいわなかった。不意にあらわれた鉄杖《てつじょう》という男に、親鸞《しんらん》はなぜか心を許すところがあったのだ。

この男の言葉には、飾り気はないが、人のいわんとする心の背景を無言で察するような配慮がある。山伏《やまぶし》修行で長く山中に暮らしていたというのに、人情の機微をよく心得ている感じもする。かつて人を殺したという物騒《ぶっそう》な人物とは、とても思えないのだ。

この男を身ぢかにおきたい、と親鸞は思った。

そんな親鸞の心の動きを読みとったように、鉄杖がそっとむしろからはいだして、闇《やみ》の中に平伏する気配があった。

「弟子とよんでくださらなくても結構です。わたしを親鸞さまの下人《げにん》として、おそばにおおきくださいい。わたしは人を殺《あや》めて逃《のが》れた人間です。十悪五逆《じゅうあくごぎゃく》の悪人です。そのことは名香房《みょうこうぼう》からすでにお聞きになっているはず。そんな人殺しを警戒もせずに、平気で枕《まくら》をならべて眠ろうとする人など、この世にほかには絶対におりませぬ。親鸞さま、どうぞわたしを親鸞さまの下人としておそばに――」

親鸞は苦笑した。

「わたしは下人も、弟子も、もつ気はありません。さあ、横になって、おやすみなさい」

「自分で自分の片腕を斬《き》りおとしてごらんにいれれば、承知してくださいますか」

鉄杖がなにをいおうとしているかは、親鸞にはすぐにわかった。かつて達磨《だるま》大師に弟子入りしようとして断られた慧可《えか》が、自分の片腕を切断して決心の固さを示した有名な故事《こじ》を、この男は実行する気なのだろうか。

闇の中に白く鋭い光が見えた。鉄杖がかくしもっていた小刀だろう。

〈この男は本気だ〉

親鸞《しんらん》はおきあがった。そして弟に語りかけるような語調《ごちょう》でいった。

「わかった。刃物はおしまいなさい。あなたに、聞いてほしい言葉がある。むかし偈《げ》として教えられた古い仏典の中の釈尊《しゃくそん》の言葉に、犀《さい》のごとく独《ひと》り歩《あゆ》め、と――」

「わたしも聞いたことがございます」

と鉄杖《てつじょう》はいった。

「すべての命あるものを殺すな、子を欲することも、道づれを求めることもやめよ、犀のごとく独り歩め、でございますね」

「そうだ。だが、わたしには、それはできない。命あるものを食べる。人とも争う。そして妻もめとった。友もいる。わが子もほしいと思う。わたしはそういう人間なのだ。どうしてあなたなどを恐れることがあるだろう。あなた以上の悪人がここにいるのだから。それでもよければ、一緒に念仏の道をいこう。釈尊の言葉さえ守れぬ悪人同士として」

鉄杖は身じろぎもせず闇《やみ》の中で親鸞の声を聞いていた。そのとき親鸞は、人に語ることは、自分に問いかけることなのだ、と、はっきりと感じた。人に語ることは、教えることではない。それは、人にたずねることなのだ。もっと話したい、と親鸞はつよく思った。

「鉄杖どのは、おいくつになられるのか」

と、親鸞はきいた。

三十四歳です、と鉄杖はこたえた。

「ふだん五十歳くらいに見られることが多うございますけれども」

あやうく磔《はりつけ》の刑にあいそうになって、一晩で二十も歳《とし》をとった顔になったのだ、と彼はいった。

「では、わたしのほうがいくつか年上だ」

親鸞は、ふと弟たちのことを思いだして胸が痛んだ。長男の自分は、弟たちになにひとつしてやることができなかったのだ。弟たちを捨てて比叡山《ひえいざん》にのぼった身勝手な兄である。

「では、弟子にはしないが、弟分としてつきあうことにしよう。これからは、言葉づかいもぞんざいに接するがゆるしてくれ。そちらもな」

「とんでもございません。鉄杖、と呼びすてにしてくださいませ」

鉄杖の言葉づかいは、前よりいっそう丁寧《ていねい》になった。

〈まあ、よかろう〉

と、親鸞は夜具を引きよせながら、うなずいた。夏とは思えない今夜の冷えこみようである。

「鉄杖《てつじょう》どの」

と、親鸞《しんらん》はいった。

「わたしはいま、困ったことをかかえて悩んでいるのだよ」

闇の中でうなずく気配《けはい》があった。親鸞はこれまで一人で思い悩んでいた問題を、だれかに聞いてもらいたくてしかたがなかったのである。鉄杖はだまっていた。親鸞は寝返りをうって、話しだした。

「わたしがこの地に流されてきて以来、ずっと世話になってきたのが、郡司《ぐんじ》の代官といっていい立場の、六角数馬《ろくかくかずま》というお役人だ。その人からたっての頼みとあって、即座に断ることができなかった。明日は、返事をしなければならない。ふだんのわたしなら、その場ですぐにお断りしたであろうに」

鉄杖は、ひかえめにたずねた。

「どのようなご依頼でございましたか」

「いま、この地の人びとが不安がっているのは、なんだと思う」

「雨が降らないことです。もう二ヵ月ちかくも、一滴の雨さえ降っておりません。地面はひび割れて、畠《はたけ》も河原のようになってしまっております」

鉄杖は言葉をつづけた。

「むかしから、里《さと》豊作に山《やま》不《ふ》作《さく》、山豊作に里不作、とか申します。わたしはこのところずっと山にひそんでおりましたが、これはもうひどいもので」

山にはさまざまな食べものがあるのだ、と鉄杖はいった。ところが、今年だけは木《もく》食《じき》をするにも、ほとんど食べるものがない。熊や鹿なども、里に降りて餌《えさ》をあさろうとするが、里の田畠《たはた》もほとんど枯れはてて何もない。山の狼《おおかみ》たちが共食いをはじめたので、さすがの彼もおそろしくなって山を降りたという。

「山も凶作、里も凶作でございます。このような年は、わたしもはじめてで」

今年の秋には飢《う》え死にする者も大勢でましょう、と鉄杖はいった。

「世間では神社の社殿が夜中に鳴動《めいどう》したとか、池の水が赤く染まったとか、蛙《かえる》が何千匹も海へでて死んだとか、さまざまな凶兆《きょうちょう》が噂《うわさ》されておりまして、人びとはみなおびえきっております」

冷夏《れいか》と水涸《みずが》れとが一度にやってきたというのははじめてです、と鉄杖はため息をついた。

「古今東西、そういうときには、なにをする?」

と、親鸞はきいた。鉄杖は打てばひびくように答えた。

「雨乞《あまご》いでございます。盛大な法会《ほうえ》を催して、神仏に慈雨を祈る。それがしきたりでございましょう」

「そうだ。これまで朝廷も神社仏閣も、国家鎮護《ちんご》、天下平安、五穀豊穣《ごこくほうじょう》を祈るのが役目とされてきた。いまでもそうだ。そこでこの地をおさめる人びとも、利害をこえて集まり、相談をしたらしい。そして、国司《こくし》、郡司《ぐんじ》、地頭《じとう》、荘官《しょうかん》、そのほかの有力者たちの意見が一致して、かつてない一大《いちだい》法会が催されることになったという」

「それはさぞかし盛大な法会になることでございましょうな」

「その法会の祈禱師《きとうし》の役を、わたしにやれといわれたのだ」

「え？　外道院《げどういん》さまにではなく――」

鉄杖《てつじょう》が息をのむ気配があった。

「そうだ。外道院ではなく、このわたしに命じられたのだ。念仏者のこの禿《とく》、親鸞《しんらん》に」

親鸞は夜の中にじっと目をこらした。どこかで、犬の遠吠《とおぼ》えが尾をひいてきこえた。

翌日、親鸞は六角数馬《ろくかくかずま》の仕事場を訪ねていった。鉄杖の件と、もう一つ例の大事な話があったのだ。

昨日、数馬から思いがけない申し出をうけて、そのときは返事をしなかった。一晩、考えさせてくれといって帰ってきたのである。

きっと六角数馬は、じれながら親鸞の答えを待っているにちがいない。いずれにせよ、ほうりっぱなしにしておくことはできない問題だった。

六角数馬の申し出は、もちろん彼の個人的な提案ではない。彼の上司の荻原年景《おぎわらとしかげ》をはじめとして、国司、地頭、地元の有力者たちの総意だろう。そのなかに、親鸞を憎んでいるはずの守護代《しゅごだい》の戸倉兵衛《とくらひょうえ》までがくわわっているらしいのが意外だった。

午後の日ざしが斜めにさしこむ役所の一室で、六角数馬はぶあつい帳面を前に、しぶい顔ですわっていた。額に玉の汗がうかんでいる。寒い冬の日でも汗をかく体質なのだろう。

親鸞の姿を見ると、おだやかな笑顔になって、お待ちしておりました、とうなずいた。

「お考えくださいましたか」

と、彼は親鸞に敷物をすすめて、たずねた。

「はい」

親鸞《しんらん》は遠まわしにものをいうことが苦手である。相手の気持ちを察しないわけではないが、幼いころから断るときには、はっきり口にだすほうだった。それで損をしたことは何度もある。しかし、罪をえて流人《るにん》となってからは、すでに損得《そんとく》は問題ではない。

「やはり、お断りすることに」

「そうですか」

六角数馬《ろくかくかずま》は親鸞の返事を予期していたかのように、やわらかな笑顔をくずさなかった。

親鸞はそんな平静な六角数馬の態度に、したたかな古強者《ふるつわもの》の自信のようなものを感じて、気持ちをひきしめた。どうやら今度の話は、なんとしてでも親鸞に承知させるぞと、この男は心にきめているらしい。

「恵信《えしん》どのは、都《みやこ》にしばらくご滞在の予定ですか」

と、六角数馬は話をちがう方向へむけると、袖《そで》で額の汗をぬぐった。

「さあ。はっきりした日取りはきめていないようでしたが」

「そうですか。お一人では、なにかとご不自由でしょう」

そういったあとで、六角数馬は、突然、親鸞ににじりよった。

「親鸞どの」

まぢかで見る六角数馬の顔には、ふだんはあまり外にはあらわさない必死の表情があった。肉にうずもれたような細い目にも、つよい光がやどっている。

「あなたがたがこの地にいらして以来、わたくしはそれなりにお二人にはつくしてまいったつもりです」

「それは、よくわかっております」

たしかに六角数馬は、自分と恵信に必要以上の心くばりをしてくれた、と親鸞は思う。

暮らしのこと、仕事のこと、住居《すまい》のことそのほか、さまざまに配慮してくれたのだ。その意味では、彼の頼みをむげに断るのは気がひけた。

親鸞がきのう即答しなかったのも、そのあたりが心の重荷になっていたからである。

しかし、この件については、義理でひきうけるわけにはいかない。

「こんどのことは、役所の仕事ではありません」

と、六角数馬はいった。

「民《たみ》、百姓《ひゃくしょう》、すべての人びとの願いなのです。すでに田畠《たはた》をすてて、他国へ逃れていく者もでてきております。物乞《ものご》いをしてあるく者、飢《う》えて盗賊の一味にくわわる者、子供たちを人買いに売る者も次第《しだい》にふえてまいりました。このままでは、秋には大変なことになるでしょう。ふつう、冷夏には長雨がつきものなのですが、今年は逆です。まったく一滴の雨も降らない。どうしても雨が必要なのです。だからこそ、ふだんはお互いに争いあっている上の人たちもしかたなしに力をあわせて、雨乞《あまご》いの法《ほう》会《え》を催そうとしているのです。これは国や寺社の祭儀ではありません。民《たみ》、百姓《ひやくしよう》、すべての者たちの必死の祈りなのです。それを親鸞《しんらん》どのは、お断りになるのか。念仏は人びとを浄土へ往生させる道だと聞いております。では、いま、この世の苦しみには関係がない、とおっしゃるのですか」

六角数馬《ろくかくかずま》の声には、親鸞がこれまで彼の口からは聞いたことのない切迫《せつぱく》したひびきがあった。

親鸞はだまっていた。六角数馬は親鸞の顔をみつめて、目をそらそうとしなかった。

「念仏は――」

と、親鸞はいって、大きなため息をついた。

「雨乞いや、怨敵調伏《おんてきちようぶく》の呪文《じゆもん》ではないのです」

六角数馬はうなずいた。

「それはわかっています。これまでの親鸞どのの言葉のはしばしから、あなたがたの念仏が古い念仏とちがっているらしいと推察《すいさつ》してはおりました。しかし」

彼は言葉をきって、坐《すわ》りなおした。

「月並みなたとえ話ですが、いま、赤ん坊が水におちて溺《おぼ》れようとしている。通りかかってほかに人がいないときに、親鸞どのはどうなされるのか。とびこんで助けようとするのか、それとも、合掌して念仏なさいますか」

しばらくだまっていたのちに、親鸞はいった。

「助けようとするでしょう」

「では？」

「その前に、うかがいたいことがあります」

どうぞ、と六角数馬はうながした。

「なぜ、あなたがたは外道院《げどういん》に祈禱《きとう》を頼まないのですか。昨年、長雨で困っていたときには、外道院の法力《ほうりき》のおかげですくわれたと、聞いております」

六角数馬は、かすかに唇の端をゆがめていった。

「じつは外道院さまには、郡司《ぐんじ》のほうから正式にお願いいたしました」

「それで？」

「二つの条件をうけいれるのなら、やってもよい、とのことでした」

親鸞《しんらん》は眉《まゆ》をひそめた。二つの条件とはなんだろう。六角数馬《ろくかくかずま》は、視線をそらせて、

「一つは、この地の河川水利《かせんすいり》の権利を正式に外道院《げどういん》さまに認めること、です」

「それは、できないことですか」

はい、と六角数馬はいった。

「できません。いまはわたくしども郡司《ぐんじ》のほうでとりしきっておりますが、それは本来、国司《こくし》の権限で、その仕事をまかせられて管理しているたてまえです。河原者の頭《かしら》などに正式にゆずりわたすことなどできません。さらに外道院さまは、守護代《しゅごだい》の戸倉《とくら》さまがつくられている溜《た》め池《いけ》もよこせ、と」

もう一つの条件とは？　と親鸞はたずねた。六角数馬は、ややためらってから答えた。

「外道院さまが、祈禱《きとう》のおりに供犠《くぎ》をなさることは、ご存じでしょう？」

「供犠？　生け贄《いけにえ》のことですね」

「そうです」

「こんども牛ですか」

六角数馬は首をふった。

「人です。それも、よりによって――」

親鸞は息をのんで、六角数馬の顔を見た。

「たしかに外道院さまの法力《ほうりき》は、ほかにないすさまじいものがあります。しかし、この話だけは、腹黒いわたくしめも、さすがにのむことはできませんでした」

自分のことを、腹黒い、などと自嘲《じちょう》的にいう六角数馬の表情には、はげしい怒りの感情がわきあがっていた。

「なんと外道院さまは、神がかりした娘、サトを供犠としてつかう、といわれたのです。それが二つ目の条件でした」

親鸞は息をのんだ。

その後、さまざまに交渉したのだが、外道院は頑としてその条件をひっこめようとはしなかった、と六角数馬はいった。そのために話はこわれたという。

「それで、この親鸞にその役がまわってきたのですか」

「そうです」

「しかし、この地にも名だたる神官、僧侶《そうりょ》や、易占《えきせん》の大家がいないわけではありますまい。どうしてそれらのかたがたに頼まずに、わたくしのような流人《るにん》などを用いようとなさるのでしょう」

「盛大な雨乞《あまご》いの法会《ほうえ》の祈禱師《きとうし》となって、もし、雨が降らなかったら、どうなります？」

祈禱のききめがなかったら、どうなるだろう。親鸞《しんらん》はうなずいた。そういうことなのか。

「そうです。失敗したら、ただではすみますまい。ですからお偉いかたたちは、みな尻《しり》ごみしてひきうけようとなさらないのです。なにしろ莫大《ばくだい》な費用をかけての盛大な法会ですから」

部屋のなかに重い沈黙がつづいた。どこかで奇妙な鳥の声がきこえた。

「あなたは、法然上人《ほうねんしようにん》門下の念仏者として、陰陽師《おんみようじ》まがいの祈禱などできない、と思っておられるのでしょう」

と、六角数馬《ろくかくかずま》が口をひらいた。

「しかし、この問題には上も下もない。国司《こくし》や、荘官《しようかん》や、地頭《じとう》や、名主《みようしゆ》、百姓《ひやくしよう》、商人《あきんど》や職人など、この地のすべての人びとが切《せつ》に願っていることなのです。あなたが祈るのではありません。何千、何万の人の心が一体となって天に願い、地に乞《こ》うのです。あなたはそこにひるがえる一本の旗《はた》にすぎない。神でもなければ仏でもない。人として、人びとの心をせおうことが、念仏者としての道にそむくことでしょうか」

六角数馬が、これほど雄弁に語るのをきいたのは、はじめてだった。親鸞は顔をあげて、六角数馬を正面からみつめた。

「世間の人びとは――」

と、六角数馬は親鸞の視線をはねかえすように、さらにつよい口調でつづけた。

「これほど長く雨が降らないのは、神仏の怒《いか》りだと思いこんでいるのです。それを親鸞どのは、無智蒙昧《むちもうまい》な輩《やから》の迷信と、ひとことで斬《き》ってすてられるのでしょうか。天罰、仏罰《ぶつばつ》のおそろしさを人びとに語りひろめられたのは、そもそもは神官、僧侶のみなさんがたではありませんか。それに、世の中には、理屈で説明のつかぬふしぎなことが、それこそ山のようにあります。学問や知識だけで人びとを納得させることは、決してできませぬ。怨霊《おんりょう》のたたり、神仏の怒り、吉凶《きっきょう》の運勢、天文《てんもん》、地相《ちそう》の計《はか》り、すべてが民《たみ》の心にふかくしみとおっているのです。いえ、世間の人びとだけではありません。朝廷も、幕府も、武将も、盗賊も、いまもみなすべて陰陽師などの言葉にたよって動いている。親鸞どのは古いむかしから土地に伝わる竜神さまの祠《ほこら》を大切に思う百姓の心を、おろかしいと思われるのですか」

六角数馬の声には、武芸者が刀をぬいてじりじりとせまってくるような真剣味が感じられた。親鸞《しんらん》はだまって六角数馬《ろくかくかずま》の顔をみつめた。

「恵信《えしん》どのは、この地に生まれ育ったかたです。あのかたがおられたら、きっとわたくしのいうことが、おわかりになったでしょう。そして、親鸞どのに雨乞《あまご》いの法会《ほうえ》に参加されるように、おすすめになるはずです」

親鸞はうなずいた。たしかにそうかもしれない。恵信は親鸞よりもはやく、法然《ほうねん》上人《しょうにん》の教えを聞いている。そして念仏者として一筋《ひとすじ》の道をあゆんできてもいる。しかし、それでいながら恵信は、ふとしたおりに古い土地のしきたりを、ことに大切にする気配をかいまみせるときがあった。

神がかりした娘、サトに対しても恵信は畏敬《いけい》の念をもって接していた。なにくれとなくサトを世話する態度には、尊いものに奉仕するような敬虔《けいけん》さがあったのだ。

「念仏には、雨を降らせるような力はないのです」

と、親鸞はひとりごとのようにつぶやいた。

「しかし、六角どののおっしゃることも、よくわかります。わたくしは迷っている。もう一晩、考えさせてはいただけないでしょうか」

六角数馬は、いいでしょう、と、みじかくいった。

六角数馬のところからかえると、鉄杖《てつじょう》がたすきがけで掃除をしていた。

恵信が都《みやこ》へ旅立ってから、親鸞はいちども部屋の掃除をしていない。鉄杖は器用に雑巾《ぞうきん》がけをし、庭の草までとっていた。

「おそくなりましたが、昼餉《ひるげ》の用意ができております」

と、鉄杖はいった。ひと晩ぐっすりやすんだせいか、顔色もいい。この家にずっとすみついているような態度である。

「奥方《おくがた》さまが漬けておられたなすときゅうりの漬物をださせていただきました。ぞうすいはありあわせのもので」

麦と小豆《あずき》の粥《かゆ》に野草をくわえたぞうすいを椀《わん》によそうと、鉄杖は、どうぞ、と親鸞に食事をすすめた。

親鸞は正直に、助かる、と思った。ふだん恵信がなにくれとなく働いてくれているのを、当たり前のように感じていたのだ。独り暮らしが不自由なわけではないが、鉄杖の気くばりは身にしみてありがたかった。

熱いぞうすいをふうふう吹きながら一椀食べて、親鸞はなにげなく二膳目《にぜんめ》の椀をうけとりながら、

「そなたは？」

「わたしは、いいのです」

と、鉄杖《てつじょう》はいった。

「さきほど勝手につまみ食いをいたしましたから。夜食は、いかの汁でも用意しましょうか」

ありがたいが、それよりもう少し相談があるのだ、と親鸞《しんらん》はいった。

「なんでございましょう」

親鸞は二膳目のぞうすいを音をたててかきこむと、手の甲で口の端をぬぐって、

「そなたが当分のあいだここにいることは、六角《ろくかく》どのにお伝えしておいた。妻の恵信《えしん》がかえってくるまで、仕事を手伝ってもらうつもりだ、と」

「ありがとうございます」

「その件はいいのだが――」

親鸞は手で額をおさえて、うむ、と、ため息をついた。

「そなたにも話した例の問題には、さらにこみいった事情があるようだ。これ以上、返事をひきのばすわけにはいかない。さて、どうしたものだろう」

親鸞は手短に六角数馬《かずま》の話を説明した。鉄杖はうなずきながら、だまって親鸞の話をきいている。

「そういうわけだ」

親鸞は話をおえてだまりこんだ。

「そういうわけでございますか」

と、鉄杖は頰《ほお》にのびた髭《ひげ》を指先でひねりながら、静かな声でいった。あらかじめ話のなりゆきを見通しているかのような口調だった。

「親鸞さま」

と、彼はいった。

「ひとつうかがっても、よろしゅうございますか」

親鸞はうなずいた。鉄杖は言葉をつづけた。

「こういうことをおたずねするのは、まことにお恥ずかしいことです。しかし、わたしは一生、親鸞さまについていこうと心にきめております。そのためには、最初の一歩から、正しく親鸞さまのお考えを頭と体に叩《たた》きこんでおかなければなりません。その教えを一筋《ひとすじ》に守って歩いてまいります。ですから、ほんの少しでも、わからないことがあれば、おうかがいさせてくださいませ。よろしゅうございましょうか」

「そうおおげさにいうことはあるまい」

親鸞は苦笑して、山猿をおもわせる鉄杖の顔を眺めた。尖《とが》った肩といい、くぼんだ目といい、額のしわといい、まさに猿によくにている。それでいて、なみなみならぬ頭のはたらきを感じさせる男だった。

「では、お教えくださいませ」

鉄杖《てつじょう》はいずまいを正して、親鸞《しんらん》にきいた。

「親鸞さまは、法然上人《ほうねんしょうにん》の面授《めんじゅ》をうけた新しい念仏者だとうかがいました。念仏する人は、むかしからおります。わたしどもも、山の念仏ということをいたしました。では、法然上人の念仏は、どこがこれまでの念仏とちがうのでしょうか。いえ、念仏のちがいなどというこむずかしい話ではなく、親鸞さまは世間のこれまでのお坊さまと、どこがちがうのでございますか。なにか一つで結構ですから、お教えくださいませ。この鉄杖、生涯そのお言葉を忘れずに生きてまいるつもりでございますので」

「なにか一つ、か。ふむ。なるほど。一つ、といわれると、いささか答えに窮《きゅう》するところがあるが――」

親鸞はしばらく考えてから、自分にたしかめるようにいった。

「念仏者は、穢《けが》れ、ということを忌《い》まない」

「ケガレ、でございますか」

鉄杖は、けげんそうな表情でききかえした。

「そうだ。字に書けば――」

指先で宙に字を書きかけて、親鸞は肩をすくめた。なんでも字で表現しようとするのが、自分の悪い癖《くせ》だと感じたのだった。

「世間では、よく、浄《じょう》、不浄《ふじょう》ということをいうではないか。きたないこととか、汚れていることなどを穢れとして、黒不浄《くろふじょう》、赤不浄《あかふじょう》、などというのをそなたもきいたことがあるだろう」

「はい。黒不浄は死にかかわること、赤不浄は女性《にょしょう》のお産《さん》や、経血《けいけつ》などに関することでございますね」

親鸞はうなずいた。

「そうだ。死を穢れとして忌むのは、めずらしいことではない。死穢《しえ》、といって、死者に近づいた者はもちろん、その家族、親族まで不浄とされた。弔《とむら》いの葬列《そうれつ》にであっただけでも不吉だという。しかし、念仏者は、死者をおそれたり、嫌ったりはしないものだ。身分の高い人も、下々《しもじも》の者も、死者はみな同じように大切にとむらう。わたしは幼いころ――」

親鸞は、言葉をきって、目を閉じた。頭の奥に、鴨の河原で死者の枕元《まくらもと》にそなえられた瓜《うり》を食べた日のことが、なつかしく思いだされた。

「死とおなじように、病《やまい》もまた穢《けが》れとしてあつかわれることがある」

「はい」

「外道院金剛《げどういんこんごう》という男は、みずから外道と名のるだけあって、穢れをおそれない。そのところは、立派《りっぱ》だ。死者も、病者《びょうしゃ》も、貧者《ひんじゃ》も、すべて人として、わけへだてなくうけいれている」

「しかし――」

と、鉄杖《てつじょう》がいいかけるのを手で制して、親鸞《しんらん》はいった。

「わかっている。だから、わたしはこれまで外道院と距離をおいてきたのだ。鉄杖どの、いまは一つだけおぼえておけばよい。念仏者は、穢れ、ということを忌《い》まない。忌む、とは、おそれ、嫌い、遠ざけることだ。世間で穢れとされているもの、そういうものごとを忌まない。それが念仏者の第一歩だ。念仏をとなえる前に、そのことをはっきりと頭にいれておくように」

「わかりました」

鉄杖は、口の中でなにかぶつぶつつぶやきながら、大きくうなずいた。

「では――」

と、親鸞は鉄杖の目をみつめていった。

「こんどは、こちらから一つ、きこう」

「はい」

「そなたは、念仏をしたいと思うか。本心からそう思うか」

「思います」

　と、鉄杖はこたえた。

「これまでも、念仏を口にすることはしばしばございました。なんとなくとなえていたのです。しかし、親鸞さまのご様子を拝見しておりますと、同じ念仏でも、どこかそれとちがうように感じられます。よくわかりませぬが、わたしもそのような念仏をしとうございます」

「それはなぜだろう。なぜそういう気持ちになったのだろうか」

　鉄杖はちょっと考えてからいった。

「ふしぎなことですが、わたしは親鸞さまのことを耳にしたときから、なにか運命の力のようなものを感じておりました。自分はきっと、生涯そのかたのうしろをついていくのだ、と。そして、お会いした瞬間に即座に確信したのです。このかたこそ、自分がながいあいだ探しもとめていたその人なのだ、と。理屈ではございません。そう感じたのです」

鉄杖《てつじよう》は親鸞《しんらん》の目をひたとみつめていった。

「ですから、そのかたが信じていらっしゃる念仏を、自分もいただきたい、と」

親鸞は思った。この男のいっていることに嘘《うそ》はないだろう。世の中には、そういう理屈で説明できないようなこともあるのだ。自分は迷信をしりぞけるが、ふしぎなことがあるということまでは否定しない。

実際に自分もこれまで何度もそういう体験をしてきているではないか。若いころ、聖徳太子の声を夢うつつのようにきいたこともあったのだ。

「わかった」

と、親鸞はいった。

「念仏は教えられてするものではない。仏から人へ、そして人から人へ、自然につたわるものだろう。わたしは法然上人《ほうねんしようにん》の念仏する姿にふれて、念仏することになった。しかし、それまでに百日かかっている。そなたも、百日たって、なお念仏する心が消えなければ、きっと本当の念仏にであうだろう。楽しみにしているよ」

鉄杖は無言でうなずいた。

そのとき親鸞は、急に自分のいっていることに恥ずかしさをおぼえた。いつのまにか高いところから人に教えるような、先達《せんだつ》ぶった口調になっている。照れかくしのように親鸞は話題をかえた。

「ところで、さっきの話だが、どうしよう。できるだけはやく返事をしなければならない。わたしは迷っているのだ。そもそも念仏に雨を降らせる力などないのだから。そうわかっていて祈禱師《きとうし》をつとめるというのは、人をだますことではないか」

鉄杖はしばらく考えていた。それから、しかし、と、口ごもるようにいった。

「ですが、人の思いというものは、天に通じるものではないのでしょうか」

「人の思い、か。さて」

「そうです。人の思いです。それも一人や二人の勝手な願いではありません。何千、何万の人が心を一つにして願うのです。私利私欲のためでなく、この越後《えちご》の地をよみがえらせるための願いなのです」

「うーむ」

親鸞は腕組みして考えこんだ。

自分が断ったら、話はまた外道院《げどういん》のところへいくのだろう。そして、サトを人柱《ひとばしら》にして雨を乞《こ》う法会《ほうえ》が盛大に催されるだろう。人びとは、気が狂った娘を犠牲にして雨を祈願することに、あえて反対はしないのではないか。

しかし、それで雨は降るのだろうか。人にそのような力があるとは思えない。しかし、外道院《げどういん》は人というより、鬼だ。もし鬼神の異常な力が証明されれば、この地はますます深い闇《やみ》の中に沈んでいくのではないか。

雨が降らなければ、飢餓《きが》がやってくる。外道院の祈りが成功して雨が降れば、外道院が河川《かせん》の主となる。そうなれば、守護代《しゅごだい》や地頭《じとう》たちは黙ってはいまい。必ず戦いがはじまるだろう。外道院にまかせるかぎり、雨が降らなくても地獄、雨が降っても地獄だ。

と、いって、ほかにひきうける者もいないという。さて、どうするか。

「おひきうけなさいませ」

と、鉄杖《てつじょう》がいった。迷いのない、つよい口調だった。

「わたしが申しあげるのは、僭越《せんえつ》ではございますが、ここは一つ、人柱となる気でおひきうけになってはいかがでしょうか」

親鸞《しんらん》は首をふった。

「念仏で雨は降らない」

「そこでございます」

と、鉄杖は身をのりだすようにしていった。

「雨が降ろうが、降るまいが、そのようなことは、どうでもいいのではありませんかか」

親鸞は眉《まゆ》をひそめた。この男、なにをいいだすのだろう、と一瞬、あっけにとられたのだった。

鉄杖はさらに言葉をつづけた。

「わたしには、まだ親鸞さまのおっしゃる念仏の本当の意味がわかっておりませぬ。しかし、念仏はいわゆる加持祈禱《かじきとう》とはちがう、とお考えなのでしょう。でしたら、この機会にそのことをはっきりとお示しになられてはいかがでしょうか」

そなたのいうことがよく理解できない、と親鸞は目でつたえた。鉄杖はうなずいていった。

「念仏には天候気象を左右するような力はないのだ、と、目の前で人びとに納得《なっとく》させるのです」

もし雨が降らなければ、さぞかし人びとはがっかりすることでございましょう、と、鉄杖は説明した。

「念仏に法力《ほうりき》を期待しているみなの心を打ちこわすのです。念仏にそんな力はない、と。だれもがひどくがっかりするでしょう。そして、親鸞さまをののしるにちがいありません。しかしそのとき、この地の人びとの心に、ちいさな疑問が、ふと、生じるのではないかと思うのです」

「ちいさな疑問だと？」

そうです、と鉄杖《てつじょう》はいった。

「野焼《のや》き、ということがございますね。いったん焼いてしまう。その焼野原《やけのはら》から、新しい芽が生えてくる。わたしもそうでございますが、都《みやこ》とちがってこの地では、念仏ということの意味が、まったくつたわっておりません。おそらく親鸞《しんらん》さまが法然《ほうねん》上人《しょうにん》からうけつがれた念仏とは、わたしどもの想像とは、おおきくかけはなれた新しい教えではないのでしょうか。民《たみ》、百姓《ひゃくしょう》も、役人たちも、みな思いちがいをしているのです。それを根底からくつがえして、本当の念仏の意味を語られるには、まず、こわすことが先。こわして、焼野原になった跡《あと》に、ちいさな問いが生まれてくる。それでは一体、念仏とはなんだろう、という疑問です。それが第一歩ではありませんか」

この男は、自分をゆさぶろうとしている、と親鸞は思った。

親鸞はそのとき、鉄杖の言葉に、なぜか心をうごかされる自分を感じていた。

焼野原に芽ばえるちいさな問い、と彼はいう。念仏者に異常な法力《ほうりき》などないことを、みずから示せ、とすすめている。

自分が雨乞《あまご》いの法会《ほうえ》をひきうけたならば、当然、大勢の人が親鸞に期待するだろう。その期待を裏切れ、と鉄杖はそそのかしているのだ。

人びとを落胆《らくたん》させ、念仏に対する思いこみをぶちこわす。みなに罵倒《ばとう》され、石を投げられ、唾《つば》をはきかけられたあと、どうなるか。

べつに失うものなどなにもない、と親鸞は思う。そんなことは、おそれない。むしろ自分に対する人びとの過大な買いかぶりのほうが、よほど重荷だ。

この越後《えちご》の地に流されてから、すでに一年以上の日がすぎている。自分のなかに、念仏とはなにかを語りたい気持ちが、いま、しだいに大きくふくらんできている。しかし、そのためには一番ひくい場所からはじめなければならない。

流人《るにん》とはいいながら、現在、親鸞はかなり居心地《いごこち》のいい場所にいた。

かつて比叡山《ひえいざん》で学んだという経歴だけでも、ここでは大変なことなのだ。都にすみ、有名な法然上人の門弟だったとなれば、なおさらである。まして一族には、学者として名をなし、権門《けんもん》につながった者もいる。自分も流人ながら国司《こくし》、郡司《ぐんじ》からは一目おかれ、役所の文書《もんじょ》の仕事を手伝ってもいる。

そんな場所から人びとに念仏を語りきかせることなど、できるだろうか。

〈できない〉

と、親鸞《しんらん》は思う。

彼の心には、焼野原《やけのはら》、という鉄杖《てつじょう》の言葉に、つよくひかれるものがあった。徹底的におとしめられた場所にうずくまって、そこにじっとしているだけだ。人びとにさげすまれ、石ころ、つぶてのように無視される、そんな存在。唾《つば》をはきかけられ、ののしられながら、だまって坐《すわ》っている。そんななかで、だれか一人でも、

「おまんさあ、念仏ちゅうのは、いったいなんなんかね」

と、たずねてくれる人がいるならば、そこが出発点だ。親鸞は微笑した。

「やってみよう」

と、親鸞はいった。

焼野原《やけのはら》の風景

河原にのりあげている巨船の一室で、彦山房玄海《ひこさんぼうげんかい》は外を見ていた。

川の水量は、かつてないほど貧弱である。小川のようにちょろちょろと流れているだけで、川底の石が荒々しくむきだしになっている。

空はどんよりと曇り、日ざしも薄い。ずっと雨が降らないせいで、雑草も枯れはじめている。

〈去年とは正反対だ〉

彦山房は去年の秋のはじめ、長雨で川が増水していたときのことを思った。天が割れたように降りつづく雨ですべての河川《かせん》は氾濫《はんらん》し、畠《はたけ》も、田も、ほとんど水没したのである。

その窮状《きゅうじょう》を、外道院金剛《げどういんこんごう》の法力《ほうりき》がすくい、世間を狂喜させたのだ。彼の決死の祈《き》禱《とう》によって、見事に降りつづく雨をとめたのだった。

今年は、その逆だ。一滴の雨も降らない異常な日々が、もうふた月あまりつづいている。

「待たせたな」

背後で外道院《げどういん》のしゃがれた声がした。彦山房《ひこさんぼう》はすばやくたちあがって、一礼した。

「いい風呂《ふろ》だった」

と、外道院は額の汗を衣《ころも》の袖《そで》でぬぐいながら、円座《えんざ》の上にあぐらをかいた。河原の風呂で、いつものように病人の背中を流してきたのだ。

「あの男が祈禱《きとう》をひきうけたそうです」

と、彦山房は正座していった。

「意外でした。わたしは彼が当然、断ると考えていたのですが」

「馬鹿め」

外道院が笑った。

「念仏で雨が降るか。馬鹿な男だ」

「そこがふしぎでなりません」

彦山房は首をかしげた。最初に雨乞《あまご》いの祈禱の話がきたとき、親鸞《しんらん》という男のことは、まったく念頭になかったのだった。役人たちが外道院以外のどこに話をもちかけようと、ほかにひきうけ手がないことはわかっていた。

祈禱に失敗したときの責任は重い。高名な神官、僧侶《そうりょ》、修験者《しゅげんじゃ》、陰陽師《おんみょうじ》など、だれもが尻《しり》ごみする大役である。

去年も、もし外道院の法力《ほうりき》が威力を発揮しなかったなら、磔《はりつけ》か打ち首になっていたかもしれない。

「それで、雨乞いの法会《ほうえ》は、いつやるのだ」

「十日のちに行われるそうです」

外道院金剛《こんごう》の表情が、けわしくなった。

「十日か。無理な話だ」

天地神明に願いをとどかせるためには、心身を統一し、気力を充実させ、自然の運気と合一する祈りの期間がなくてはならない。去年の外道院が、二十一日間のきびしい断食ののちに法会にのぞんだことを彦山房は知っている。

「最初に話をもってきたとき、外道院さまがだされた二つの条件が、よほどきつかったとみえますすな」

「神がかりしたという娘のことはともかく、この地の河川水利《かせんすいり》のすべての権利をわたせ、という要求を、彼らがのめるわけがあるまい。まして戸倉《とくら》がやっている溜《た》め池《いけ》までよこせといったのだからな。連中をさんざん困らせたあと、しっかり恩を売った上でひきうけようと思っていたのだが、まさかあの念仏馬鹿に話をもっていこうとは思わなかった。さすがの彦山房《ひこさんぼう》もそこまでは計算に入れていなかったのだろう」

「さようで」

たぶん、あの六角数馬《ろくかくかずま》の智恵《ちえ》でございましょう、と彦山房はいった。

「おもしろい。見物させてもらおう」

外道院《げどういん》は太い腕を組んで、窓の外の川に目をやった。

「親鸞《しんらん》がここにいたとき、おれはやつから話をきいたことがあった。新しい念仏とはなにか、とな。やつはいった。ただ無心に念仏して、浄土に往生するのみ、と。人をすくう念仏でもない。世の中のためでもない。つらく、苦しい思いをして生きている一人一人が、それぞれ念仏して、一切の差別《しゃべつ》なく浄土にうまれる。ただそれだけだ、といった。ことに悪人、弱者、罪障《ざいしょう》多き者こそまっ先に、という。おれが気に入ったのは、そこさ。だが、雨乞《あまご》いとなると話がちがうだろう。どうだ、彦山房」

「おおせのとおりでございます」

彦山房は外道院の顔をみつめて、きいた。

「どういたしましょう」

「やらせろ」

「はい」

「なにをやらかすか見物しよう。あの男、うまくやれると思うか」

「いえ。失敗するのは目に見えております」

「では、なぜ、ひきうけたか、だ。あの男とて、ただの馬鹿ではあるまい。なにかわけがあるにちがいない。どう思う？」

外道院の問いに、彦山房は下唇を前歯でかみながらしばらく考えたあと、いった。

「あの男は、あえて失敗しようと企《くわだ》てているのではないでしょうか」

それはどういうことだ、と目でたずねながら、外道院はだまっている。彦山房はつづけた。

「いくら盛大な法会《ほうえ》をおこなっても、むだだと人びとに示そうとしているのです。つまり、祈禱《きとう》で天地をうごかすことはできない、と」

「ふむ」

外道院はちいさくうなずいた。

「そうかもしれん。あの男のやりそうなことだ。しかし、失敗すれば、どうなる」

「そのことは、考えていないのかもしれません」

「殺されるぞ、守護代《しゅごだい》に」

「そうなる可能性はあります。役人どもはともかく、期待を裏切られた民《たみ》、百姓《ひゃくしょう》たちがほうっておかないでしょう。かつて、雨乞《あまご》いの祈禱《きとう》に失敗した陰陽師《おんみょうじ》が、怒った人びとから石打《いしう》ちの的《まと》にされて殺されたことがありました」

「おぼえている」

と、外道院《げどういん》はいった。

「去年、もしあの長雨を止めることができなかったら、おれもそうなっていただろう。世間というのは、そういうものだ。さっきまでぺこぺこしていた連中が、てのひらを返すようにおそいかかってくる。都《みやこ》からきたお坊さまには、そこがわかっていないのだ」

「外道院さまは――」

と、彦山房《ひこさんぼう》はちょっと口ごもったあとにいった。

「あの男のことを、気づかっておられるようでございますね」

「うむ。おれは、あの馬鹿が好きなのだ」

「わたしより親鸞《しんらん》のほうを大事にお思いなのでしょうか」

外道院はゆっくりと首をふった。

「それはちがう」

「ほんとうですか」

外道院は微笑した。まっすぐに彦山房をみつめて彼はいった。

「おまえは、おれの一部なのだよ、彦山房。好きも嫌いもない。おまえが死んだら、おれも死ぬのだ。そのことを忘れるな」

彦山房は無言でうなずいた。その目には、涙があふれていた。


夜のなかに、虫の声がきこえた。

その声が、妙にあわれにもかぼそく感じられる。六角数馬《ろくかくかずま》は銭《ぜに》をかぞえる手をとめて、絶えいるような虫の声にききいった。

〈雨が降らないせいで、虫までもが弱っている〉

六角数馬とむきあって坐《すわ》っている彦山房玄海《げんかい》が、そのとき小声でなにかつぶやいた。六角数馬は、丁重な口調のなかに、かすかな不満の気持ちをこめて彦山房にいった。

「これだけで、ぜんぶでございますね」

「そうだ。こんどの外道市《いち》は、思いがけず人出がすくなかった。前回の半分ほどしか売り上げがなかったのだ」

「雨が降らないので、人びとはみなおびえているのでございましょう。今年は未曾有《みぞう》の凶作になるだろうと」

主人にいいわけをしなければなりません、と、六角数馬《ろくかくかずま》はぐちっぽくいいながら、銭を箱にしまった。

「こんどの大法会《だいほうえ》で、郡司《ぐんじ》が負担する費用も、かなりのものでございます。なにしろかつてないほどおおがかりな催しなので」

彦山房《ひこさんぼう》はうなずいた。

「この地の神官、僧侶《そうりょ》、修験者《しゅげんじゃ》、陰陽師《おんみょうじ》など数百人が参加する大法会だそうだな」

「はい。鳴りものいりで、盛大におこなわれることになっております。急ぎ準備をしなければなりませんし、もう戦《いくさ》のようなさわぎでございます」

彦山房は感情をおもてにあらわさずに、静かな声でいった。

「あの男が、よくひきうけたものだな」

「親鸞《しんらん》どのも、かなり悩まれたようですが、結局、承知してくださいました。最初、外《げ》道院《どういん》さまに断られたときは、どうなることかと心配しておりましたが」

「断ったのではない。こちらは条件をだしただけだ。断ってきたのは、そちらのほうだろう」

「申し訳ないことで」

六角数馬は神妙に頭をさげた。

「なぜ親鸞どのがおひきうけなされたのか、じつはわたくしにも合点《がてん》がまいらぬところはいろいろございますが、とりあえずお役目だけははたせて、ほっとしております」

あの男の本当の狙《ねら》いは、いずれわかるだろう、と彦山房はいった。

虫の声がきこえなくなった。

戸倉兵衛《とくらひょうえ》は、部屋にはいってきた息子の貞次郎《ていじろう》を、うんざりした気持ちでながめた。

「お呼びでございますか、父上」

鎌倉にいる長男にくらべて、すべての面で次男坊の貞次郎はおとっている。いかに親子の間柄《あいだがら》とはいえ、守護代《しゅごだい》である自分に対して、立ったままの物言《ものい》いは無礼だろう。

そもそも体格が貧弱だ。背丈は人並みだが、ひょろりと細身で、色が白い。おまけに妙に甲高《かんだか》い声で、よくしゃべる。

「すわれ」

と、戸倉兵衛《とくらひようえ》はぶっきらぼうにいった。

貞次郎《ていじろう》は会釈《えしやく》もせずにあぐらをかくと、

「頭の具合はいかがですか」

と、むぞうさにきく。

頭痛は戸倉兵衛の年来の持病だった。天候が崩れかかると、はげしい頭痛におそわれるのだ。そんなとき戸倉兵衛は、馬を駆《か》ったり、腕の立つ部下を相手に武術の稽古《けいこ》などをした。夢中《むちゆう》で体を動かしていると、そのときだけは頭痛を忘れることができるのである。

「余計な心配はするな。それより自分のことを考えろ」

戸倉兵衛はどなりつけたい気持ちをなんとかおさえながら、薄笑いをうかべている貞次郎にいった。

「自分のこと、とは？」

父親の苛立《いらだ》ちを察しもせずに、貞次郎は、しれっとした表情できき返す。

〈こいつは、本当に自分の子だろうか〉

戸倉兵衛は舌うちしながら、心の中でため息をついた。

自分はいま、幕府の代官としてこの地に勢威《せいい》をふるっている。しかし、それも守護《しゅご》代《だい》の地位についていればこそだ。

いずれ新しい守護代と交替《こうたい》させられるときがくるだろう。そのときまでに、できる限りの土地を所有し、さまざまな利権や、商《あきな》いの場や、人脈をわが手におさめておかなければならない。

鎌倉へもどったところで、先は見えている。奉公は長男にまかせて、自分はこの地に住みつくのだ。しかし、苦労して地盤をかためても、後をつがせるのが、この柔弱者《にゆうじやくもの》の貞次郎ではどうなることか。

「その話は、もういい」

と、戸倉兵衛は、苦々しい思いを腹におさめて、いった。

「問題は、あの親鸞《しんらん》とかいう男のことだ」

貞次郎は、親鸞の名前をきくと、急に背筋をのばした。

「やつが雨乞《あまご》いの法会《ほうえ》をひきうけたのは、どういう気でしょう」

「わしの狙《ねら》いどおりになった」

戸倉兵衛は満足気にうなずいた。

「いま、わしはこの地を好きなように支配したいのだが、さしあたり邪魔な連中が、ふたつほどいる」

「外道院《げどういん》と、国司《こくし》、でしょう」

「そうだ」

戸倉兵衛《とくらひょうえ》はぶあつい唇をなめていった。

「この土地の河川水利《かせんすいり》を支配するのが、わしのいちばん大事な目的だ。そのためには、まず外道院の一党を片づけなくてはならぬ」

「やつらは河原を、まるで自分たちの領地のように自由に使っておりますからね」

「それも、いまだけだ」

戸倉兵衛は喉《のど》をふるわせて笑った。

「まあ、見ているがよい」

貞次郎《ていじろう》は、けげんそうに戸倉兵衛の顔を見ながら、なにもいわなかった。

「さて、もう片方の国司のことだが」

たとえ実力は地におちたとはいえ、国司は朝廷の権威を背おっている、と、戸倉兵衛はいった。

鎌倉の代官である自分が、この地を自由に仕切るためには、ぜひとも国司を配下《はいか》にし、思いどおりにあやつる必要がある。

「かたちばかりの国司ではありませんか」

と貞次郎はいった。

「いまでもお父上のいいなりでしょう。こんどの雨乞《あまご》いの法会《ほうえ》にしても、お父上の提案に反対もせずにしたがったとか」

「うむ。実際にはわしがいいだしたことだが、表むきの主催者は、国司になる。もし雨が降れば、国司に大きな貸しをつくった上に――」

そこまでいって、戸倉兵衛は声をひそめた。

「外道院を、きれいさっぱり片づけることができる」

「それは、どういうことですか」

戸倉兵衛はかすかに笑った。

「いろいろあるのだ」

「そうですか。で、もし雨が降らなかったときは、どうなります」

「莫大《ばくだい》な費用をかけての法会だ。主催した国司が責任を問われることになるだろう」

貞次郎は首をかしげた。

「よく話がわかりません。お父上は、どうもややこしい企《たくら》みがお好きなようで困ります。外道院《げどういん》が邪魔なら、兵をだして討《う》てばいいではありませんか」

「やつを討てば、民《たみ》、百姓《ひやくしよう》はわしを怨《うら》むだろう。そうなれば、われらがこの地に根づこうとしても、むずかしくなる。外道院は、貧者《ひんじや》、病者《びようしや》の救《すく》い主《ぬし》のように思われているからな」

貞次郎《ていじろう》は面倒くさそうにあくびをした。戸倉兵衛《とくらひようえ》は舌うちして、息子の顔をにらみつけた。

「真剣に考えろ。これも、おまえのためにやっているのだぞ」

「はい、はい」

貞次郎は空返事《からへんじ》をして、

「ところで、外道院が断った祈禱師《きとうし》の役を、よくあの親鸞《しんらん》とかいう男がひきうけましたね。もし、雨が降らなければ、やつをどうするおつもりですか」

「河原で磔《はりつけ》にする。期待を裏切られた民、百姓たちも、きっとそれを望むだろう」

貞次郎は首をすくめた。そして、しばらく考えたあとにたずねた。

「では、もし雨が降ったときは？」

「外道院の人気が、地におちる。やつは雨乞《あまご》いの祈禱を断ったのだからな。そうなれば、守護代《しゆごだい》として堂々と兵を動かし、外道院を討つ。やつらに味方する者はだれもいないはずだ。外道院の一味をこの地から一掃すれば、河川水利《かせんすいり》の権利は、すべてこの手におさめることができるだろう」

「お父上は――」

と、貞次郎は戸倉兵衛の顔を見て、いった。

「すこし策《さく》を弄《ろう》しすぎます。物事はもっと単純に考えたほうがうまくいくのではありませんか」

戸倉兵衛は、頭に血がのぼるのを感じた。

「世間知らずのおまえが、なにをいう。そもそも、おまえというやつは――」

「兄者《あにじゃ》とは大ちがいだと、いいたいのでしょう。母上もよく、そんなことをいっておられました」

貞次郎の、のっぺりした白い顔に、かすかな赤みがさしている。

「もういい。さがれ」

貞次郎は無言でたちあがり、大きな足音をたてて部屋をでていった。

雨乞いの大法会《だいほうえ》が三日後にせまって、親鸞の周辺はにわかにあわただしくなった。国司《こくし》からの正式の使者もやってきた。

郡司《ぐんじ》の長《おさ》である荻原年景《おぎわらとしかげ》も、わざわざ自分から親鸞《しんらん》の家を訪れてきた。

六角数馬《ろくかくかずま》は、直江《なおえ》の津《つ》の富裕な商人《あきんど》からの贈りものだといって、高価な白衣と金襴《きんらん》の豪華な袈裟《けさ》をとどけてきた。

親鸞は丁重にそれを辞退した。

「わたくしは一介の念仏聖《ひじり》です。まして、いまは流人《るにん》の身なので」

六角数馬は、ため息をついて、

「そうおっしゃると思っておりました。しかし、勢ぞろいする二百人あまりの僧のかたがたは、みな目をうばうような華やかな装《よそお》いですよ。神官のかたがたも、正装《せいそう》でおこしになります。役人をはじめ、武家も、名主《みょうしゅ》や商人たちも、みなさん費用をおしまず着飾ってみえるでしょう。親鸞どのは法会《ほうえ》の主役でいらっしゃる。どうなさるおつもりですか」

「黒の衣《ころも》で十分です。念仏者のふだんの格好で、失礼にはあたりますまい」

「ふーむ」

六角数馬は、顎《あご》に手をあてて首をふった。

「まあ、それならそうなさってください。ところで、雨乞《あまご》いの祈禱《きとう》には、本尊として水天《すいてん》さまをまつるのが定法《じょうほう》ですが、どういたしましょう」

「これまでのしきたりは存じませんが、護摩壇《ごまだん》も、本尊もご心配くださいますな。壇上に一本、帆柱《ほばしら》のように丈夫な柱をしつらえておいていただけば十分です」

「壇上に柱を」

「はい。大きな幟《のぼり》をたてたいので」

「わかりました」

六角数馬は、あきらめたような表情で、衣装の包みをかかえて帰っていった。

部屋の入口で二人のやりとりをきいていた鉄杖《てつじょう》が、

「もったいない」

と、ため息をついて残念そうにいう。

「もらっておけばよろしかったのに。六角さまが、あれを商人に返すわけがないでしょう。すぐにどこかへ回して、銭《ぜに》にかえるにきまっています」

「さて、ひとつ手伝ってもらおうか、鉄杖どの」

と、親鸞は鉄杖の言葉をきき流していった。

恵信《えしん》が都《みやこ》からもどってきたのは、雨乞いの法会の前日だった。

その日の夕刻、庭先でなにか男たちの言い争う声がきこえて、親鸞がでてみると、早耳《はやみみ》の長次《ちょうじ》と鉄杖《てつじょう》がにらみあっている。

「長次どのではないか」

親鸞《しんらん》が声をかけるよりはやく、長次はおしとどめる鉄杖の手をかわして、かけよってきた。

「帰ってきたぜ、トクさん」

長次は白い歯を見せて笑った。

「この薄馬鹿野郎《うすばかやろう》が、くどくど身許調《みもとしら》べみたいなことをはじめやがったんで、おいらはいってやったんだ。トクさん、いや、禿《とく》、親鸞さまの一番弟子にむかってなにをいう、ってね」

「鉄杖どの、これは早耳の長次という人だ。心配はいらぬ。妻の恵信《えしん》につきそって、都《みやこ》へ上っていたのだよ」

親鸞は鉄杖のことを長次に説明した。長次が得意気に、

「へえ、するとこいつが二番弟子ってことか」

鉄杖のむっとした態度を手で制して、親鸞は、つい早口になった。

「長次どの、それで、恵信は」

「もう、そこまできてるはずだが。なにしろ子連れなんで、そう急ぐわけにもいかな

いのさ。おいらが先にすっとんで知らせにきたんだ」

親鸞は草履《ぞうり》をつっかけて、庭先から外に走りでた。

坂道をのぼってくる恵信の姿を見て、親鸞は胸が熱くなるのを感じた。恵信は小さな女の子をだいて、一歩ずつ坂道をのぼってくる。

「恵信どの」

親鸞はかけよって、恵信の肩をつかんだ。

「無事に、よう帰ってこられた。お帰り」

「親鸞さま」

恵信は額の汗を手の甲でぬぐって、親鸞に小さく頭をさげた。

「ただいま帰ってまいりました。この子が、鹿野《かの》の娘でございます」

三歳か四歳くらいとみえる小柄な子だった。手足もほそく、顔も小さい。目だけがくっきりと涼しげで、じっと親鸞の顔をみつめている。

「そうか。名は？」

「小野《おの》、といいます」

恵信が笑顔で答えた。

「小さな野《の》、と書きます。ふしぎなことに、この子は、まだものをいいません」

親鸞《しんらん》はその晩、しばらくぶりで恵信《えしん》と枕《まくら》をならべて寝た。

二人のあいだには、小野《おの》という幼い子が眠っている。小野はしっかりと恵信の胸にしがみついて寝息をたてていた。

「鉄杖《てつじょう》どのは、どこにいかれたのでしょう」

恵信は、はじめて会った鉄杖のことが気になってしかたがない様子だった。

「裏山に小屋がけをして泊まっているのだ。ずっと山中《さんちゅう》で暮らしてきたので、そのほうが気楽らしい。ああ見えても、とても気をつかう男なのだよ。この子をあやすのも上手だし」

「はい。人見知りするこの子が、鉄杖どのにはすっかりなついて、笑い声もたてておりました。お猿さんのような顔ですが、とても気持ちのやさしいかたのようですね」

自分はその点、情《じょう》の表現に無器用《ぶきよう》な人間なのだろうか、と親鸞は思う。恵信が都《みやこ》からつれてきた小野という娘に対して、どう接していいかがわからないのだ。

愛《いと》しく思う気持ちは胸一杯にあふれていても、言葉や態度にあらわすすべを知らない。小野のほうでも、なんとなく親鸞をこわがっている気配がある。

「こんどは、大変なお仕事をお引きうけになりましたね」

と、恵信が思いきったようにいった。

「うむ。迷いに迷ったすえにだが」

親鸞は手をのばして、恵信の肩にふれた。

「そなたは、どう思う」

「わかりません」

恵信はしばらくだまっていた。それから大きなため息をついて、いった。

「念仏は、わが身ひとつの往生の道。いつもそうおっしゃってましたね」

「そうだ。念仏で雨が降るわけがない。しかし――」

「人びとの思いというものがございますから」

うむ、と親鸞はうなずいた。すべての人びとが必死でそれを願っている。その思いを一つに集めて、天に訴えれば、なにかがおきることもあるのではないか。

それは決して自分の力ではない。念仏の法力《ほうりき》でもない。迷信や奇蹟《きせき》を信じるのでもない。

「だまって、見てはいられない。この身をすててでも、なにかをしなければ、と思うのだ」

恵信はなにもいわなかった。親鸞の手をそっと引いて、小野の背中におしあてた。

雨乞《あまご》いの法会《ほうえ》が催される日の朝、親鸞《しんらん》はいつもの色あせた黒衣《こくえ》姿で家をでた。

つきそうのは六角数馬《ろくかくかずま》と、小野《おの》をだいた恵信《えしん》、そして長次《ちょうじ》と鉄杖《てつじょう》、さらに名香房宗元《みょうこうぼうそうげん》という一行だった。

空にはどんよりとした薄日がさしている。地面にはひび割れがはしり、道端の雑草も枯れはてて、荒涼とした風景だ。

法会の会場は、親鸞がみずから選んだ海ぞいの砂丘につづく広い台地である。

最初は国司《こくし》側の意向として、国分寺《こくぶんじ》の境内《けいだい》が予定されていた。さまざまな楽器や祭壇《さいだん》を準備して、盛大な儀式をおこなうつもりだったらしい。

しかし、親鸞はそれを断って、砂丘ぞいの台地に、木で組んだ人の背丈ほどの台座を用意してもらったのだ。それはまん中に一本の柱がたっているだけの、なんの飾りもない台座である。

街道をはずれて、一つ砂丘をこえると、法会の会場が見えた。すでに数百人の僧侶《そうりょ》や神官が、台座をかこんで勢ぞろいしている。

「おっ、すげえ」

先頭にたった長次が声をあげた。台地いっぱいに、あふれんばかりの群衆がつめかけている。これまで親鸞が予想もしなかった大群衆だ。男もいる。女もいる。老人もいる。子供もいる。百姓《ひゃくしょう》もいる。木こりもいる。職人も、芸人も、戸板にのせられた病人も、武士や物乞《ものご》いの人びともいる。風は冷たかったが、人びとの熱気が湯気のようにたちのぼっている。

親鸞が会場に足をふみいれると、あたりがしんと静まりかえった。ひとりの恰幅《かっぷく》のいい武士がちかづいてきて、親鸞に声をかけた。

「守護代《しゅごだい》の戸倉兵衛《とくらひょうえ》だ。いつぞやは無粋《ぶすい》な出会いであった。このたびは、お役目ご苦労である。見事に雨を降らせてみせよ」

「それはわかりませぬ」

と、親鸞はこたえた。そして、恵信と仲間たちに軽くうなずいた。恵信は小野をだいたまま、南無阿弥陀仏《なむあみだぶつ》、と澄んだ声で応じた。

親鸞は台座の前に居ならんだ僧侶や神官、そして役人たちに一礼して、木の梯子《はしご》をのぼった。後《あと》に白い布をかかえた鉄杖がつづいた。

海が見える。山が見える。親鸞は鉄杖に声をかけた。鉄杖はうなずいて、かかえた白布をひろげた。布の端をつかんで、彼は猿のように身軽に柱をよじのぼった。一瞬、どよめきの声が群衆の中からおこった。

台座の上にたてられた帆柱《ほばしら》のような木のてっぺんから、白く長い旗《はた》が吹き流しのように勢いよくなびいた。

その白旗には、墨《すみ》くろぐろと、

〈帰命尽十方無礙光如来《きみようじんじつぽうむげこうにょらい》〉

という十字の名号《みようごう》が躍《おど》っている。

その旗は海からの風に、はたはたと鳴ってひるがえる。

「なむあみだぶつ」

と、鉄杖《てつじよう》が合掌した。

「なむあみだぶつ」

と、親鸞《しんらん》も応じた。

鉄杖が台座をおりると、親鸞は大きく息をはき、自分に集中する人びとの視線とひたとむきあった。

かつて後白河法皇《ごしらかわほうおう》の催した暁闇《ぎようあん》の大法会《だいほうえ》に、歌い手として出場したときのことを親鸞は思った。あのときは十九歳の青年だった。比叡山《ひえいざん》の横川《よかわ》で堂僧《どうそう》として暮らしていたのだ。

〈当時は範宴《はんねん》という名前だった——〉

いまの自分は、禿《とく》、親鸞である。罪をえて、流人《るにん》としてこの地にいる。海ぞいの荒涼たる台地に、いま数千人の大群衆が集まっている。いや、数千人どころではない。万をこえる人びとだ。

居ならぶ僧侶《そうりよ》、神官、役人、武士、商人《あきんど》、そして雨を必死でまちのぞむ民《たみ》、百姓《ひやくしよう》のさまざまな思いが、見えない矢のように親鸞の体を刺しつらぬき、熱した鉄のように心を灼《や》いた。

親鸞は高まる動悸《どうき》を制するように目をあげた。

海が見えた。黒く巨大な海だった。波は無気味にうねっている。その海は親鸞の内面そのものだ。深く、暗く、えたいの知れない願望が波の下に渦巻いている。

親鸞はそのとき、はげしい孤独をおぼえた。自分のことを、生《い》け贄《にえ》として捧《ささ》げられた一頭の牛のように感じたのだ。

自分はいったい、なぜ、いま、ここにいるのか。念仏は雨乞《あまご》いの手段ではないと、はっきり知りつつ、いったい何をしようとしているのか。

そのとき、火の柱のようなものが親鸞の心をつらぬいた。それは雷鳴をともなう稲妻のような光だった。親鸞は一瞬、息をのむ人びとを前に、ああ、と絶望のうめき声を発して身もだえした。

そのとき不意に親鸞《しんらん》の心にひらめいたのは、

〈捨身《しゃしん》〉

という言葉だった。

捨身。

それは、仏をたたえ、人びとを救うために、自分の身を捨てる行為である。飢《う》えた虎《とら》の母子を救うために、われとわが身をなげだして自分の肉をくらわせた物語を、親鸞は幼いころにきいたことがあった。

漢籍《かんせき》の手ほどきをしてくれた伯父の日野宗業《ひののむねなり》が、素読《そどく》のあいまに語ってくれたのだ。あれは親鸞が八歳のとき、まだ忠範《ただのり》とよばれていたころのことである。

幼い親鸞の心に、凄絶《せいぜつ》な捨身の物語は消えない絵図となって残った。入水《じゅすい》、焼身《しょうしん》、断食などで身を捨てる高僧たちの行為は、おそろしくも感動をさそう物語だった。自分にそのようなことができるだろうか、と、子供心にくり返し自問自答したものである。

法然上人《ほうねんしょうにん》は、そのような行《ぎょう》を、決して認めることをしなかった。ただ無心に念仏して浄土に往生する、それだけを語りつづけて、ついには遠流《おんる》に処された。親鸞はその師の教えを一筋《ひとすじ》に信じ、きょうまであゆんできたつもりでいた。

しかし、自分のなかには、じつはぬぐってもぬぐいきれない、さまざまな古い観念がすみついて消えることがない。それらをすべてぬぐいさって、念仏に帰することは、どれほど困難なことであるか。

頭上に十字名号《みょうごう》の旗《はた》がひるがえってから一瞬のことだった。人びとの目には、ほんのつかの間、親鸞が呆然《ぼうぜん》とたちすくんだように見えただけだろう。

しかし、そのとき親鸞は、かつておぼえのないほどの大きな衝撃に打たれたのだ。自分には法然上人の弟子を自称する資格などなかったのだ、と、親鸞は感じた。自分は本当の念仏者ではない。偽者《にせもの》だ。

三十三歳のとき、法然上人から『選択本願念仏集《せんちゃくほんがんねんぶつしゅう》』の書写《しょしゃ》を許されたことで、すっかり思いあがっていたのではないか。

捨身、という過激な行に対する憧《あこが》れは、いまも自分のなかに根づよく生きている。そのことに気づかなかったおのれは、なんという小賢《こざか》しい偽《にせ》念仏者だろう。

親鸞は、突然、台座の床に身を投げて嗚咽《おえつ》した。人びとは、あっけにとられてそんな親鸞をみつめている。

しかし、親鸞はすぐに顔をあげ、身をおこしてたちあがった。

そして、一歩前へすすみでた。心の中に、打ちよせ、くだけちる波の音がきこえた。暗く、そして深い海。

その海の底に親鸞《しんらん》はいた。海草が林のように生《お》いしげっている。まっ黒な魚が、するりと横をとおりすぎる。手足が重い。

〈なむあみだぶつ〉

と、かすかな声がした。それは体の奥から自然にわきあがってきた自分の声だった。

すると頭上から、ほのかな光がさしてきた。その光は親鸞の泥のような心を、おだやかに照らしはじめた。

「なむあみだぶつ」

と、親鸞はつぶやいた。まばたきすると、自分をみつめている無数の人びとの姿がうかびあがってきた。

親鸞は風に鳴る旗の音をきいた。その音は親鸞をはげます自然の声のようにきこえた。

「なむあみだぶつ」

こんどは、はっきりと念仏が口からあふれでた。

親鸞はさらに一歩、前にすすみでた。そして合掌し、大声で念仏した。

「なむあみだぶつ」

やがて親鸞は、念仏をくり返しながら、ゆっくりと木の柱のまわりを歩きはじめた。

それは比叡山《ひえいざん》でおこなっていた不断念仏《ふだんねんぶつ》の行ではない。体の奥に、じっとしてはいられない熱い衝動がこみあげてくるのである。できることなら、台座の上で跳躍し、はねまわりたいような歓《よろこ》びの衝動だ。

雨を乞《こ》うための念仏ではない。仏の姿を観《み》るためでもない。わが身の極楽往生を願う念仏でもない。自然に体の奥からあふれでてくる念仏である。

その自分の声を、とめようとしてもとめることができない。波のように押しよせてくる念仏の声に、身をまかせているだけだ。

「なむあみだぶつ。なむあみだぶつ」

親鸞は自分がしている念仏を、自分の声とは感じなかった。

海が念仏している。山が念仏している。風が念仏している。人びとみなが心の中で念仏している。無数の念仏が自分をつつんでいる。

「なむあみだぶつ」

親鸞はさらに大きく念仏した。

河原にのりあげた木造の巨船の一室で、外道院金剛《げどういんこんごう》と彦山房玄海《ひこさんぼうげんかい》は濁《にご》り酒をくみかわしながら、語りあっていた。

窓の外には、荒涼とした石の河原がひろがっている。水の流れが細くなったために、露出した河底の石が、夕日をうけてかすかに赤く見えた。

「例の法会《ほうえ》は、どういう具合だ」

と、外道院が盃《さかずき》を口にはこびながらきいた。

「どうということも、ありません」

彦山房は顎《あご》に手をあてて首をかしげた。

「きょうで三日目ですが、ただ台座の上を念仏しながらぐるぐる歩き回っているだけで」

「雨の降る気配はないようだな」

「はい。最初からそれはわかっておりました」

「何日間やるのだ」

「七日、ときいております」

「ぶっとおしでやるのか」

「そのようで。すでに二日間、眠らず、飲まず、食わずで、念仏しております」

「七日、はたしてもつだろうか」

「たぶん無理でございましょう」

彦山房は外道院の盃に酒をつぎながら、

「二日目からは、観衆もさすがに呆《あき》れたらしく、集まる者は数百人になりました。お役人や僧侶《そうりょ》、神官のかたがたも、供の者をのこして、ほとんど引きあげられたようです」

「うーむ」

外道院は、唇をなめてため息をついた。

「それにしても、なんという年だ。見ろ、水の流れもあんなに細くなっている」

「さようで」

彦山房は苦々しげに、

「雨が降らぬせいばかりではありません。例の守護《しゅご》代《だい》の溜《た》め池《いけ》が完成して、山からの水をぜんぶひとりじめにしているからです。なけなしの水を自分の池に溜めこむとは、強欲にもほどがあります。だまっていて、よいものでしょうか」

「七日間の法会がおわって、雨が降らぬようなら、こちらも動かなければなるまい」

「そう思うておりました。手だてを考えます」

外道院《げどういん》はうなずいて、盃《さかずき》をほした。

「あの男、七日間はもたんだろう。だが、雨が降らずに生きのこって、なぶり殺しにあうよりましかもしれん」

彦山房《ひこさんぼう》は無言で窓の外へ目をやった。

幻の七日

深夜の台地に篝火《かがりび》がもえている。

海からの風にあおられながら、篝火は台座の上にひるがえる旗《はた》と、親鸞《しんらん》の姿をくっきりと照らしていた。

法会《ほうえ》の会場に人影はすくなかった。警護の武士と、数人の役人が台座のまわりを固めているだけだ。

親鸞は四日目の夜をむかえて、なお念仏をつづけている。髪はみだれ、頬《ほお》はそげおち、足どりもおぼつかない。

つよい風が吹くたびに親鸞の体がゆれる。いまにも台座の床にたたきつけられそうだ。

「なむあみだぶつ」

と、となえるその声も、かすれ、ざらついていた。砂まじりの風が、息をするたびに鼻や口からはいりこんでくるのだろう。

台座の下から、三人の男たちが心配そうに親鸞《しんらん》の様子をみつめていた。白覆面《しろふくめん》の名《みよう》香房宗元《こうぼうそうげん》、早耳《はやみみ》の長次《ちょうじ》、そして鉄杖《てつじょう》の三人だった。

親鸞が台座にのぼった日から、彼らは交替《こうたい》で仮眠しながら、ずっとその場で親鸞を見守りつづけていたのである。

「もう無理だろう」

と、長次がいった。

「飲まず食わずで、四日目だ。そろそろあぶねえな」

「どうしてわかる？」

宗元がきいた。長次が首をふりながらつぶやく。

「たれ流しのしとの臭《にお》いが薄くなった。人は精根《せいこん》つきはてるとき、水のようなしとしかでなくなるんだよ」

「そんなことはない」

と、宗元は怒ったようにいい、長次をにらみつけた。

「おれは五日のあいだ飲まず食わずで行《ぎよう》をやったことがある。五日目の朝、血のような赤いしとがでて、それで気を失った。親鸞どのは、まだ大丈夫だ」

横から鉄杖が声をひそめて、

「おれが、こっそり水と干《ほ》し飯《いい》をわたしてこようか。いまなら見張りの連中も、居眠りしているからうまくやれるだろう」

宗元と長次の二人が鉄杖をにらみつけた。

「馬鹿め」

と、長次が舌うちして、軽蔑《けいべつ》した口調でいう。

「おめえは、やっぱりただの人殺しだ」

「そうかもしれない」

と、鉄杖はかすかに笑って、

「だが、親鸞さまを大切に思う気持ちは、あんたたちには負けない。ただの人殺しのこのおれと、平気で枕《まくら》をならべて寝てくれたはじめての人だからな」

長次が斬《き》りすてるようにいう。

「だったら余計なことをするな」

「そうだ」

と、宗元がうなずいた。

「親鸞どのは、命をかけておられる。今夜、倒れて息絶《いきた》えたとしても、すでに覚悟の上だろう。われらはただ見守るしかない」

三人はあらためて台座の上の黒衣《こくえ》の姿をみつめた。

すでに親鸞《しんらん》の歩調は乱れ、いまにも崩れおちそうだ。念仏の声は、かすかに細くなったかと思うと、ふたたび生き返ったように高くなった。

そのとき、ゆっくりと近づいてくる人影があった。篝火《かがりび》にてらされて、長い衣《ころも》を風になびかせた面長《おもなが》の男の顔がうかびあがった。

「これは彦山房《ひこさんぼう》さま」

と、宗元《そうげん》がおどろいたように頭をさげた。闇《やみ》の中から姿をあらわしたのは、彦山房玄海《げんかい》である。

「長次《ちょうじ》、しばらくぶりに顔を見るな」

「へえ。ちょいと旅にでておりました」

「親鸞どのの妻女《さいじょ》の供《とも》をして、都《みやこ》へいっておったとか」

「なにもかも、よくご存じで」

「名香房《みょうこうぼう》、この男は？」

と、彦山房は鉄杖《てつじょう》に目をやって宗元にたずねた。

「はい。いつぞや守護代《しゅごだい》の館《やかた》から逃げだした下人《げにん》でございます。わたくしとは、若いころ一緒に山で修行いたした仲間でございまして」

「鉄杖、と申します」

と、鉄杖は一礼して、皮肉な口調でいう。

「逃げだしたあとは、外道院《げどういん》さまの河原にかくまっていただく約束のはずが、なぜか門前払いをくらいました。お怨《うら》み申しあげております」

「おい、口をつつしめ」

と宗元が舌うちした。

彦山房は、そしらぬ顔で台座を見あげていった。

「まあ、よい。ところで、親鸞どのはまだもちそうか」

木造の台座を見あげて、長次が首をかしげた。

「どうでしょうねえ。今夜あたりがヤマかもしれません。なにしろ飲まず食わずで四日目ですから。いまは下から声をかけても、まったくきこえない様子で」

「ふむ」

彦山房は腕組みして台上の親鸞をじっとみつめた。

「念仏で雨は降らぬ。外道院さまも、そういっておられた。馬鹿な男だ、と」

馬鹿な男だ、と彦山房はもう一度くり返してから、声をひそめてささやいた。

「もし親鸞《しんらん》どのが気を失ってたおれたら、即座にかつぎおろすのだ。なんとか警護の武士や役人どもを抑《おさ》えて、ここをつれだせ。そして河原へはこびこめ。あとは外道院《げどういん》さまが守ってくださる。しくじると殺されるぞ。それも、これまでに見たこともないような残酷なやりかたでな」

彦山房《ひこさんぼう》の言葉に、三人は無言でうなずいた。

「それにしても――」

と、彦山房は台座の上の親鸞にちらと目をやると、舌うちして、音もなく闇《やみ》の中に消えた。

糸のように細く、かすかな念仏の声が、ふたたび大きくなった。

「もしものときには、こうしよう」

名香房宗元《みようこうぼうそうげん》が長次《ちようじ》と鉄杖《てつじよう》の肩を引きよせて、いう。

「親鸞どのは、おれがかついで河原へ走る。鉄杖は、武士や役人どもを攪乱《かくらん》しろ。長次は恵信《えしん》どのと子供をつれて河原へむかうのだ。よいか」

「承知《しようち》」

と、長次がうなずいて、からかうような口調で、

「ところで、あのキツネつきの娘はどうする。ほうっておいて、いいのかね」

一瞬、宗元の目が宙におよいだ。

「そうだ。サトさまをどうするかだ。残しておくわけにはいかぬ。長次、ここは大変だろうが恵信どのといっしょに――」

「心配はいらぬ」

と、背後から澄んだ声がきこえた。人間の声とも、鳥の鳴き声ともつかぬ、奇妙な声だった。

おどろいてふりかえった三人の目に、篝火《かがりび》にてらされて、異様な女の姿が浮かびあがった。

髪を長くたばねて、朱の袴《はかま》に白い衣《ころも》をまとった若い娘である。眉毛《まゆげ》はなく、目は鋭くつりあがって、唇は墨《すみ》をぬったように黒い。

「これは、サトさま！」

名香房宗元が仰天した声をあげた。

「どうして、ここへ――」

「白山《しらやま》の神に、よばれたのじゃ」

と、サトはいった。その声にはふしぎな威厳があって、三人の男は思わず顔を見合わせた。

「そなたたち下賤《げせん》な者どもは、もどって休むがよい。親鸞《しんらん》は、わたしが見届《みとど》ける」

呆《あき》れ顔の長次《ちょうじ》が、なにかいおうとするのを、サトは光る目で制して、

「その汚い口をひらくでない。わたしがここにいるかぎり、親鸞は大丈夫なのだ。さあ、帰って寝よ。あすまた会おうぞ」

「わたくしはサトさまのおそばに」

と、名香房宗元《みょうこうぼうそうげん》がひざまずいていった。サトは吐きすてるように、

「邪魔《じゃま》」

と、ひとことといいすてると、背のびして台座の上の親鸞へ目をやった。

「親鸞――」

と、サトはよびかけた。

「白山《しらやま》の神からのおことづけじゃ。雨は降るときは降る。降らぬときは降らぬ。気にせずに、ひたすら念仏せよ。七日の行《ぎょう》がまっとうできても、できなくとも、それはそなたの知ったことではない。われらは、そなたを見守るぞ」

「なにをいってやがる、えらそうに」

長次がぺっと唾《つば》を吐いて、

「宗元、おめえさんがあがめたてまつるから、いつまでもキツネがはなれないんじゃ

ねえのか。さあ、この小娘をなんとかしろ。だいたい声が気味わるいんだよ。そなたち、だとさ。こんな小娘、わざわざ苦労して助けだすんじゃなかったぜ」

「なにをいう。サトさまは――」

宗元の声が大きくなると、様子をうかがっていた警護の武士の一人がちかづいてきた。

「おまえら、なにを騒いでおる。静かにせよ」

「申し訳ありませぬ」

鉄杖《てつじょう》が頭をさげて謝った。親鸞の念仏は、かろうじてまだ続いている。

親鸞は口で息をしていた。ざらついた砂が喉《のど》にこびりついて、唾をのみこむこともできない。

全身の筋肉が、音をたててきしむ。痛みはすでに通りこしていた。

三日がすぎたころまでは、時間の感覚があった。夜がきて、朝になり、また日が暮れて、あたりが闇《やみ》につつまれる。しかし、いまはすでに昼も夜も区別がつかない。

海から吹く風は、もはや風ではなく、革の鞭《むち》のように肉をうつ。

足の裏は、釘《くぎ》の尖《とが》った先を踏みながら歩いている感じだった。耳の奥に鋭い音が絶えずひびいて、やむことがない。

「なむあみだぶつ」

自分の声が、自分できこえない。親鸞《しんらん》はさらに大きな声で念仏した。

「なむあみだぶつ」

自分が念仏しているのではなく、念仏が自分を動かしているかのようだ。

ときどき体がふわっと空中に浮かぶ感覚がある。そして一瞬のちには、鉛《なまり》の衣《ころも》を着せられたように、全身が床《ゆか》に重く沈みこんでいく。

灼《や》けるような渇きが、胸の奥にひろがり、髪の毛の一本一本が、水をもとめてうずいた。足をつたうしとを、手ですくって飲みたいと思った。指先でぬぐって口へ運ぶと、かすかに血の味がした。

「なむあみだぶつ」

親鸞は比叡山《ひえいざん》にいたころ、「好相行《こうそうぎょう》」という難行にいどんだことがある。

一日三千回の五体投地《ごたいとうち》を休むことなくつづける命がけの行《ぎょう》だった。しかし、そのときは、わずかではあるが食事と排泄《はいせつ》の時間があった。そして、なんとかして仏の顔を見たい、という切なる願いもあった。

いま、ただひたすら念仏をくり返して歩きつづけているのは、難行苦行をもとめてのことではない。念仏の力を証明しようとするのでもない。そもそも自分の選んだことは思えなかった。目に見えない大きな力が、自分をこの台座に運んできたように思われる。

「なむあみだぶつ」

声がでない。ふりしぼるように念仏すると、体がふらついた。

〈たおれる――〉

と、感じたとき、恵信《えしん》の顔が突然、白い蓮華《れんげ》のように脳裡《のうり》に浮かんだ。

五日がすぎ、六日目の朝がきた。

親鸞は虫がはうようにのろのろと台座の上をうごいている。

ふしぎなことに、体の感覚は失われているのに、逆に意識がはっきりしてきた。

雲がみえる。海がみえる。山がみえ、台地にいる人びとの姿がみえる。

僧侶《そうりょ》や神官はすでに引きあげて、数人がのこっているだけだった。十数人の警護の武士と、役人たちが台座のまわりにいた。彼らは目を細めて親鸞の様子をうかがっている。

最初の日、あれほど多く集まってきた群衆は、いまはほとんどいない。わずかに

二、三十人の老人や、女たちの姿がみえるだけだ。
親鸞《しんらん》は目をしばたたいて、その人びとを眺めた。合掌している男がいる。ひと目で病者《びょうしゃ》とわかる女がいる。台座の下から親鸞をみつめているそれらの顔から、親鸞はなにか声にならない声がひそかにつたわってくるのを感じて身震《みぶる》いした。

そのとき急に体がふらついた。親鸞は大きくよろめき、かろうじて姿勢をとりもどした。

「なむあみだぶつ」

と、すきとおるような声がきこえた。親鸞は、はっとしてその声のほうをみた。恵信《えしん》がいた。彼女は女の子を胸に抱きかかえて、台座のすぐ下のところにたっていた。

その顔をみたとき、親鸞は全身から力がぬけて、体が空中に浮いたように感じた。意識が不意に遠くなった。

〈もう、これまでだ〉

念仏しても、声がでない。唾《つば》も、涙も、汗も、しとも、腹からくだってくるものも、なにもかもがでなくなっている。親鸞は目をとじた。

頭の奥に、さまざまな人の顔がすばやく流れ、消え去っていく。

どれくらい時間がたっただろう。親鸞はすでに自分が気を失って、たおれ臥《ふ》しているつもりでいた。

しかし、親鸞はまだのろのろと動いていた。

「なむあみだぶつ」

という自分の声で、失われかけた意識がふたたびもどってきた。その声は自分の声ではない。うちよせる波のように、遠くからひびいてくる声だ。親鸞はもうろうとした視線で、台座のまわりを囲んでいる人びとをみおろした。

〈これは一体なんだ。幻《まぼろし》か〉

親鸞は首をふって、まばたきした。

台地にたくさんの人の顔がみえる。

親鸞のかすんだ目に、それらの人びとの顔は重なりあい、揺《ゆ》れうごいてぼんやりとしかみえない。

夜明けどきには、警護の武士や、役人たちや、数十の男女がいるだけだった。しかし、いま親鸞の目には、百人、二百人、さらに多くの人びとの顔がみえる。

親鸞は歩きながら目をこすった。

〈自分は夢をみている――〉

そう思って、親鸞《しんらん》は頭をふった。

目をこらして台座の下をみわたす。

念仏の声がきこえた。それは恵信《えしん》の声でも、長次《ちょうじ》や鉄杖《てつじょう》の声でもない。海からおしよせてくる重い波のような大勢の声だ。

親鸞はたちどまった。

灰色の空から、光の束のような陽光が台地を照らした。そこには、たしかに数百人の男や女たちがいた。手を合わせ、声をそろえて念仏する人びとの姿だった。

人の数は少しずつふえてきている。五百人、いや、みているまにも、続々と千人をこす男や女がつめかけてきている。

その人びとの視線が、まっすぐに自分にそそがれているのを親鸞は感じた。

「なむあみだぶつ」

と、親鸞は念仏した。

「なむあみだぶつ」

と、群衆の声が応じた。

親鸞はふたたびよろめきながら歩きだした。自分がそうしているのではない、と親鸞は思った。

はなやかな祈禱《きとう》の修法《しゅほう》でなく、ただ歩きながら念仏するという親鸞の姿に、落胆し、失望して去っていった人びとが、なぜか今、この台地にもどってきたのだ。そして全員が手を合わせ、なむあみだぶつ、ととなえている。親鸞の胸の底に熱いものがこみあげてきて、体がふるえた。

こうして台地に、ふたたび集まってきた人びとは、ただ雨を待ちのぞんでいるだけではないだろう。親鸞がぶざまに崩れおちる姿を見物しようという群衆でもないはずだ。それがなにかは、親鸞にもわからない。

しかし、人びとの数は、さらにふえつづけている。すでに台座の周囲は、ぎっしりと埋めつくされて、恵信の姿もみえなかった。

七日間の法会《ほうえ》が終わる日、初日以来まったく姿をみせなかった多くの関係者たちが続々と台地につめかけてきた。

国の役人や荘官《しょうかん》、在地の領主や武士、守護代《しゅごだい》たちも威儀を正して勢ぞろいしている。

守護代の戸倉兵衛《とくらひょうえ》は、息子の貞次郎《ていじろう》とともに、二十人ほどの武士をひきつれて台座のすぐそばに陣どっていた。

やがて法会《ほうえ》の終了をしらせる大太鼓の音がひびくはずだ。それと同時に、すぐに親《しん》鸞《らん》をひったてて、台座の柱にしばりつける手はずになっている。

そのかたわら戸《と》倉《くら》家の下人《げにん》たちが、先刻から奇妙な作業を黙々とつづけていた。もっこで人のこぶしほどの石をたくさんはこんできて、山のように台座の周囲につみあげているのだ。役人たちは、見て見ぬふりをして、なにもいわない。

親鸞のかすかな念仏の声が、とぎれとぎれに流れてくる。台座の下で、子供をだいた恵信《えしん》がくいいるように親鸞をみつめていた。鉄杖《てつじょう》と長次《ちょうじ》、そして名香房宗元《みょうこうぼうそうげん》とサトも、恵信をかこんで集まっていた。

「おい、みろよ。いったいどうなってるんだ」

長次が背のびして小手をかざした。

「まだまだつめかけてくるぞ。今朝から何千人、いや、何万人もがおしよせてきやがった」

鉄杖があきれたようにいう。

「三日、四日目あたり、野良犬ぐらいしかいなかったのが、どうだ。きのうあたりから続々と人が集まってくる。山からおりてくる者もいる。船でくる者たちもいる。飲まず食わずで念仏する親鸞さまの姿が、生き仏のようにみえてきたのだろう。守護《しゅご》代《だい》たちも、さぞや仰天しているにちがいない」

「親鸞さま」、
と、恵信が叫んだ。台座の上で、親鸞がいまにもたおれそうに片膝《かたひざ》をついたのだ。

人びとが一瞬、息をのんだ。砂丘の広場全体が静まり返った。

「親鸞！」

と、サトが鋭い声をあげた。

「たつがよい。そなたは、たおれぬ。念仏をつづけよ！　たて！」

サトの声に気づいたように、親鸞がたちあがった。人びとがどよめいた。

「なむあみだぶつ」

と、ふたたび地鳴りのような念仏の声がわきあがった。

親鸞はあやつり人形のように、ふらふらと動いている。

守護代の戸倉兵衛《ひょうえ》は、大太鼓の打ち手のほうを眺めた。まもなく台地に太鼓の音がひびきわたる。そして、七日間の雨乞《あまご》いの法会は、雨が降らぬまま無為《むい》に終わるのだ。

「貞次郎《ていじろう》」

と、戸倉兵衛はふり返って息子に命じた。

「太鼓が鳴ったら、即刻、あの男を捕らえよ。名号《みょうごう》の旗をひきおろして、やつを柱にしばりつけるのだ。邪魔する者は、斬《き》れ」

「わかっています」

貞次郎《ていじろう》は薄笑いをうかべて、父親にいった。

「台座のすぐ下に、親鸞《しんらん》の身内がひかえているのは、とっくに承知の上です。それよりも、父上、妙に汗をかいておられますが、また持病の頭痛でもおきましたか」

「ばかもの！」

戸倉兵衛《とくらひょうえ》は一喝した。どうしようもない息子だ。頭が痛いのは、おまえのせいだ、と心の中でののしった。

雨は降らない。七日間の大法会《だいほうえ》を主催した国司《こくし》と世話役の郡司《ぐんじ》の面目《めんもく》は、これで丸つぶれとなる。

彼らの責任をあえて問わず、今後は守護代《しゅごだい》である自分の思うがままに操《あやつ》るのだ。

ここで親鸞を処刑するのは、役人や荘官《しょうかん》たちへのよいみせしめとなるだろう。

あとは外道院《げどういん》の一派を片づけるだけだ。そうすればこの地で自分に歯向《はむ》かう者はいない。

ひとつ気になるのは、きのうの朝あたりから妙にじわじわとつめかけてきている群衆だった。法会がはじまって早々、がっかりしたように会場を去っていった連中が、どういうわけでこれほど続々と虫がわくように集まってきたのか。

「わからん」

と、戸倉兵衛は唸《うな》るようにいった。

「なにがですか」

貞次郎がきく。戸倉兵衛は痛む額を指でおさえて、

「なんでこれほどの見物人が集まってくるのだ」

「七日間、飲まず食わずで念仏する男の姿に心を打たれたのでしょう。虫けらたちにも、それくらいの情《なさ》けはあるんでしょうなあ」

「だまれ！」

戸倉兵衛は大声をあげた。周囲の武士たちがいっせいにふり返った。

「なむあみだぶつ」

念仏の声がおしよせてくる。

そのとき、腹にひびく太鼓の音が、台地にとどろきわたった。

台座の上の親鸞が、動きをとめた。

会場に集まった人びとは一瞬、息をとめて親鸞をみつめた。

太鼓の音は雷鳴のように台地にとどろいた。その最後のひとうちがやむと、異様な静寂《せいじゃく》が台地をつつんだ。

守護代《しゅごだい》の戸倉兵衛《とくらひょうえ》が、台座の前に仁王《におう》だちになって、大音声《だいおんじょう》をはりあげた。

「法会《ほうえ》は終わった。雨は降らぬ。皆の者、ただちににせ坊主を捕らえよ」

武士たちが猛然《もうぜん》と台座に駆けあがった。横から鉄杖《てつじょう》がとびあがり、手負いの猪《いのしし》のような勢いで彼らをさえぎろうとする。

「そやつを斬《き》れ！」

と、戸倉兵衛の声がとぶと、白刃《はくじん》をかざした武士が鉄杖をとりかこんだ。

親鸞《しんらん》はすでに捕らえられていた。数人の武士たちが、ひきおろした名号《みょうごう》の幟旗《のぼりばた》をねじって太い縄にし、柱に親鸞をしばりつけた。

「よくきけ、皆の者」

と、台座にあがった戸倉兵衛がいった。その声は、海からの風にのって、集まった人びと全員の耳にひびいた。

「この男は、雨を降らせると称《しょう》して盛大な法会をつとめ、われらをあざむいた。その罪は万死《ばんし》にあたいする。われらの怒りは、こやつの首をはねたくらいではおさまらぬ。裏切られたのは、われらだけではない。なによりも、そなたたちだ。この場で、皆の怒りを神仏に示さねばならぬ。そこにつみあげた石で、この男をうつのだ。このようにうて！」

戸倉兵衛は、部下に手渡された石を、力いっぱい親鸞めがけてたたきつけた。

肉のくだける鈍い音がした。石は親鸞の胸のあたりをうち、親鸞の口から鮮血がほとばしった。

「さあ、思う存分うつがよい。石はそこに山ほどつんである。遠慮はいらぬ。守護代の許しじゃ。うて！　うち殺せ！」

台地は水をうったように静まりかえった。だれも声をあげず、だれも動かなかった。

「どうした。さあ、うて！　石でこの男をうつのだ！」

戸倉兵衛の絶叫があたりにひびきわたった。だが、その声はむなしく風に消えていく。戸倉兵衛の顔がゆがんだ。

群衆は、台座に背をむけ、無言でその場を去っていきつつあった。水が引くようにゆっくりと人びとが離れていく。うなだれて、無言で人びとが動いている。

そのとき、天が裂けるような音がおこった。

太鼓が鳴りだした、と、だれもが一瞬そう錯覚したようだった。

だが、その音は地上におこった音ではなく、天上から鳴りひびいた異様な音だった。

「雷《かみなり》さまだ！」

と、だれかが叫んだ。

そのとき、風向きがかわった。

海からの風ではない。山地をかけぬけ、平地をはくように押しよせてくる重く湿った風だった。

青白い光が台地を照らした。稲光《いなびか》りだった。黒い雲が海にむかってとぶように流れてゆく。

ふたたび雷音《らいおん》がひびきわたった。その瞬間、鉛の粒のような雨が一気に天から落ちてきた。

「父上！」

と、貞次郎《ていじろう》が叫んだ。

「父上！　雨です！　雨でございます！」

戸倉兵衛《とくらひょうえ》は、呆然《ぼうぜん》と台座の上にたちすくんでいる。

「雨だ！」

「雨だぞう」
すべての人びとが叫んでいた。跳《は》ね馬のように、躍りあがる男がいる。だきあって泣いている女がいる。帰りかけた群衆が、続々と台地にもどってきた。雨と風のなかに人間の渦巻きができている。僧侶《そうりよ》や役人たちも、群衆と一緒になって天をあおいで叫んでいた。

雨はさらに激しくなった。天の底がぬけたかのような雨だ。台地のあちこちに水たまりができ、そのなかを転げまわる者もいた。

台座の上に長次《ちようじ》と宗元《そうげん》がかけあがってきた。あやうく武士たちの刃《やいば》をさけた鉄杖《てつじよう》と力をあわせて、三人はすばやく親鸞《しんらん》を柱からときはなった。

名香房《みようこうぼう》宗元が、たくましい腕で軽々と親鸞をかつぎあげる。

「いくぞ」

長次と鉄杖は台座をかけおり、恵信《えしん》とサトの腕をとって、人びとの跳ね狂うなかをぬけて走る。

「その子はおいらが――」

と、長次がいった。恵信は首をふって足をはやめた。

雨は足もとに小川のような流れをつくり、さらに激しく降りそそぐ。

「信じられぬ。本当に降ったぞ」

と、鉄杖《てつじょう》が首をふっていう。

「当然であろう。わたしが降らせた」

と、サトが応じた。稲光りと雷鳴のなかを、一行は河原へむけてひた走る。

篠《しの》つく雨は、さらに勢いをましてきた。

まるで地面をえぐるような激しさだった。


その雨の中を、戸倉兵衛《とくらひょうえ》は馬で駆けていた。馬は疾風《はやて》と名づけられた悍馬《かんば》である。大枚《たいまい》の金子《きんす》を投じて奥州《おうしゅう》から送らせたその野生の馬は、戸倉兵衛以外の男を決して乗せない。

これまで何人もの武者《むさ》が、落馬して蹄《ひづめ》にかけられていた。兵衛の留守中に、息子の貞次郎《ていじろう》がひそかに騎乗しようとこころみ、一瞬のうちにふり落とされたともきく。

疾風は、たたきつける雨の中を、むしろ喜び勇んで疾走しているかのようだった。

荒い鼻息をふいごのように吐きながら、雨中を駆ける馬の上で、戸倉兵衛は激しい怒りをたぎらせていた。

頭が割れるように痛む。はらわたが煮えくり返る。

守護代《しゆごだい》としてこの地にのりこんできて以来、きょうほど体面をつぶされたことはない。

「虫けらどもが！」

と、戸倉兵衛は叫んだ。にせ坊主を石でうて、と群衆によびかけたとき、まちがいなく投石がはじまるだろうと彼は予想していたのだ。

民《たみ》、百姓《ひやくしよう》とは、そういうものだと思いこんでいた。雨乞《あまご》いの祈禱《きとう》に失敗した人物に対して彼らは、当然、残酷な腹いせの行動にでるものときめこんでいた。

それが、だれ一人として台座の上の親鸞《しんらん》に対して、怒りの声をあげようとしなかった。石を投げようとする者もなく、全員が無言でその場を去っていこうとしたのだ。

「なぜだ」

下々《しもじも》の者たちに、これほどはっきりと反抗的な態度をしめされたことは、これまで一度もない。

「許せぬ！」

戸倉兵衛は、背後をふり返った。はるかにおくれて、三騎ほどの部下がついてくるだけだ。戸倉兵衛は、さらに疾風にひと鞭《むち》くれた。馬は怒ったように脚《あし》をはやめた。

山ぞいの坂にかかった。山肌をつたう水が滝のように道に流れ落ちる。木立が風にごうごうと鳴った。

やがてめざす溜《た》め池《いけ》がみえてきた。四方から流れ入る水を飲みこんで、巨大な溜め池はしだいに水位をましてきていた。周囲に十数人のびしょぬれの下人《げにん》と、三人の武士の姿がみえる。

「どう」

戸倉兵衛《とくらひょうえ》は手綱《たづな》をひいて、疾風《はやて》を制した。悍馬《かんば》は、もっと走りたいとでもいうように、前脚《まえあし》で地面をけりながら高くいなないた。

「殿——」

と、一礼した武士の一人が、雨にうたれながら駆けよってきた。

「ごらんのとおり、山からの水を一手に集めて、溜め池はみるみるうちに水かさをましてきております。なんとも恐ろしいほど巨大な池で」

うむ、と戸倉兵衛は溜め池を眺めわたして満足気にいう。

「よくやった。のちに褒美《ほうび》をとらせよう。ところで、あとどれくらいでこの池は満杯《まんぱい》になる?」

「一刻《いっとき》、いえ、この雨では小半刻《こはんとき》もすれば、水はあふれだすと思われます」

「そうか。よし」

戸倉兵衛は、馬上で大きくうなずいた。そして顔をぬらす雨のしずくを手でぬぐいながら、愉快そうに高笑いした。

「わしの命じることを、しっかりきけ」

と、念をおして、彼はいった。

「溜め池に水が十分にたまったら、川筋にいちばん近い堤《つつみ》を切れ。わかったか」

おどろいた武士の顔が、青白くなった。

「なんとおっしゃいました？　あの、せっかく完成いたしました堤防を、切れと」

「くどい！　堤をこわすのだ。裂け目をつくればおのずと水はあふれだす。これだけの池の水が一気に川に流れこめば――」

戸倉兵衛はそのありさまを想像して身震《みぶる》いした。

「わしはこれから兵をひきいて、河原を固める。蟻《あり》一匹のがさぬようにな。あとはまかせたぞ」

声もなくうなずく部下に戸倉兵衛はいった。そして下人たちをさりげなく見やると、やつらは斬《き》れ、と、身ぶりで命じた。

「おおせのとおりに」

頭をさげる武士をあとにして、戸倉兵衛は馬に鞭《むち》をくれた。間髪をいれず疾風は雨の中を疾走した。

戸《と》倉《くら》兵衛《ひょうえ》の頭の奥に、外《げ》道《どう》院《いん》たちのいない広々とした河原の風景がうかぶ。これで河原はすべてわしのものだ、と、彼は思った。

川は次第に水量をましてきつつあった。

蛇抜《じゃぬ》けのごとく

にごった水が、巨大な蛇の腹のようにもりあがり、渦をまいて流れている。

「きのうまでは、小川のようなかぼそい流れでございましたが——」

と、船の窓から外を眺めていた彦山房玄海《ひこさんぼうげんかい》がつぶやいた。

「雨はやむ気配がございませぬ。この調子では、河原も水びたしになりそうで」

円座の上にあぐらをかいている外道院は、どこか気がぬけたように大きなあくびをした。

「気にすることはない」

外道院は虫に刺された太股《ふともも》を、ぼりぼりかきながらいった。

「河原の小屋は、どれも木と竹で組んだ浮屋造《うきやづく》りばかりだ。水がくれば土台の石から離れて浮きあがる。土手《どて》の杭《くい》にしっかり綱《つな》でゆわえておくように触《ふ》れをだしておけ」

「わたしが皆に伝えてまいりましょう」

彦山房《ひこさんぼう》はたちあがりかけて、ふと気づかわしげに外道院《げどういん》をみつめた。

「どこかお具合でも――」

「べつに、どこも悪いところはない。ただ、なんとなくな」

「なんとなく、でございますか」

「うむ。なんとなくだ。まあ、気にすることはない」

彦山房は軽く頭をさげて船室をでていった。

外道院は窓の外に降りしきる雨に目をやった。激しい雨は、いっこうにおとろえることなく降りつづいている。

〈これは、おれが降らせた雨ではない〉

外道院は、そのことが気に入らない。

親鸞《しんらん》の念仏が降らせたとは、もちろん思っていないが、偶然の結果にしても話がうまく運びすぎている。

去年は、こんなではなかった。一日一日に張りがあった。

あの秋は決死の祈禱《きとう》で長雨を降りやませて、人びとを狂喜させたのだ。山も、川も、海も、すべてが自分を歓迎しているかのように思われた。心身は充実し、気力は鉄をもつらぬくほどだった。

だが、いまはちがう。この空《むな》しさは、なんだろう。外道院は目をとじて、ごろんと横に寝転がった。

そのとき階段をのぼってくる足音がした。

「外道院さま」

と、彦山房が告《つ》げた。

「親鸞たちがまいりました」

「通せ」

外道院はおきあがった。

最初に姿をみせたのは、早耳《はやみみ》の長次《ちょうじ》だった。そのあとに女の子をだいた恵信《えしん》が、目を伏せて部屋にはいってきた。

朱《しゅ》の袴《はかま》に白い衣《ころも》をまとった若い娘もいる。ぐったりした親鸞をかかえた白覆面《しろふくめん》の名《みょう》香房《こうぼう》と、猿のような小男がひとりつづいた。みなびしょぬれのみじめな格好だった。

部屋の入口にひざまずいた一行に、外道院が声をかけた。

「遠慮はいらん。はいれ」

と、外道院はいった。名香房にかかえられた親鸞をみて、

「その馬鹿は大丈夫か」

「気を失っておりますが、命はとりとめたようで」

名香房《みようこうぼう》がこたえた。

「ここにつれてこい」

名香房が親鸞《しんらん》を外道院《げどういん》の前によこたえると、外道院は片肌ぬいで、印を結んだ。顔が朱をそそいだように真っ赤になった。外道院は大きく息を吐くと、片膝《かたひざ》でぐいと親鸞の胸をおした。

かすかなうめき声をあげて、親鸞が身動きした。

「さあ、目をさませ!」

外道院は親鸞を抱きおこして声をかけた。

「親鸞さま!」

恵信《えしん》が叫んだ。親鸞はゆっくりとまばたきして、恵信を眺め、それから外道院をみた。

「これを――」

と、彦山房《ひこさんぼう》が黒い液体のはいった椀《わん》をさしだして、

「苦いが、これは山に伝わる妙薬。のまれよ」

「おれがのませる」

外道院は彦山房の手から椀をとると、自分でひとくちすすって口にふくみ、口うつしで親鸞にのませた。

うっ、と親鸞はむせながらその薬をのみこんだ。そして片腕をついて体をおこし、周囲を眺めた。

「ここは、どこだ」

「おれの船だよ。おまえの目の前にいるのは、地獄の閻魔《えんま》大王ではない。外道院金剛《こんごう》だ。わかるか」

意識をとりもどした親鸞の目に、幾人もの顔がぼんやりとうつった。

彦山房玄海《げんかい》がいる。長次《ちょうじ》がいる。鉄杖《てつじょう》もいる。サトの姿もみえる。白覆面《しろふくめん》の名香房。そして小野《おの》をだいた恵信の顔。

〈自分はどうなったのか〉

親鸞はまばたきした。

〈そうだ。たくさんの人が念仏していた。みわたすかぎり台地をうずめた人びとが――〉

「親鸞さま」

と、恵信が涙声でいった。

「七日間、ようおつとめになりました。ごらんください。雨が、あのように」

窓の外の滝のような雨に目をやって、親鸞《しんらん》は力なく首をふった。

「よかった。だが、わたしが降らせた雨ではない」

ものをいうたびに、胸がはげしく痛む。どうやら、あばら骨が折れているらしい。

外道院《げどういん》が親鸞の肩に手をおいていう。

「とにかく、雨は降った。役人も、世間も、大よろこびだろう。都《みやこ》につたわれば、減《げん》刑《けい》の沙汰《さた》もあるかもしれん。郡司《ぐんじ》の荻原《おぎわら》も、六角数馬《ろくかくかずま》も大手柄だ。彦山房《ひこさんぼう》――」

「はい」

どことなく不機嫌《ふきげん》そうな彦山房に、外道院はなだめるような口調で、

「親鸞の体がもちなおすまで、この連中もいっしょに面倒をみてやれ。たのむぞ」

彦山房は無言でうなずく。

それまで退屈そうにそっぽをむいていたサトが、名香房《みょうこうぼう》をふり返って、甲高《かんだか》い声をあげた。

「きょうは、まだ神饌《しんせん》をうけておらぬ。神酒《みき》をもってこい」

外道院と彦山房は、あきれたように顔を見合わせた。

「一日、二度の酒《ささ》だけでずっと暮らしておりまして」

恐縮したようにいう名香房にむかって、サトは高らかにいった。

「濁《にご》り酒はのまぬ。上等の清酒をもってまいれ」

「好きなようにさせろ」

外道院が苦笑していう。

名香房が部屋をでていくのといれちがいに、ずぶぬれの男がかけこんできた。なにか彦山房に耳うちすると、一瞬、彦山房の顔色がかわった。

「どうした」

と、外道院が声をかけた。

彦山房はすばやくたちあがって外道院のそばへいき、耳もとでなにかをささやいた。

外道院は表情もかえずに、うなずいた。

「ここへ通せ」

ものいいたげな彦山房に、

「かまわん。通せ」

「はい」

彦山房が入口のほうに合図をすると、二人の男がはいってきた。長次《ちょうじ》が、おどろいて腰をうかしかけた。

姿をあらわしたのは、六角数馬《ろくかくかずま》と、もう一人、色白のひょろりとした若者である。

「こちらは――」

と、その男を紹介しようとする六角数馬に手をふって、外道院《げどういん》が静かな声でいう。

「わかっている。こいつは、守護代《しゅごだい》の戸倉《とくら》の息子だろう」

色白の若者が挑《いど》むようにいう。

「そうだ。おれは戸倉兵衛《ひょうえ》の次男、戸倉貞次郎《ていじろう》だ」

緊張のあまりか声がかすれていた。

「よし。それで、なにをしにここへきた」

全員が息をのんで、外道院と守護代の息子の様子をみつめた。貞次郎の頬《ほお》が、ひきつるように震《ふる》えている。

「ここをたち去るよう、すすめにきたのだ」

と、彼はいった。

「いますぐ、一人のこらず河原からはなれたほうがいい。それを郡司《ぐんじ》の役所の六角どのに伝えたところ、ここへつれてこられた」

横から六角数馬が甲高い声をあげた。

「話をきいて、とるものもとりあえず駆けつけたのです。本人の口からお知らせしないと、みなさんがたが信用されないかと思いまして」

「ふむ。河原をたち去れ、だと？　どういうことだ」

外道院が鋭い口調で貞次郎にきいた。貞次郎は覚悟をきめたように答えた。

「おれは戸倉兵衛の息子だ。親父《おやじ》がなにを考えているかぐらいは、きかずともわかる。親父は、もうすぐ溜《た》め池《いけ》の堤《つつみ》を切るぞ。そうなれば津波のような奔流《ほんりゅう》が河原をおそう。それで、おまえらを一挙に片づけてしまう気さ。一刻もはやくここをたち去れ。おれは、それをいいにきたんだよ」

彦山房《ひこさんぼう》がため息をついていった。

「この男のいっていることは本当でしょう。じつはわたしも、それを心配しておりました」

彦山房玄海《げんかい》の表情には、彼がふだん表にあらわさないかすかな悲しみの色がただよっていた。

彦山房は外道院の前に膝《ひざ》をつき、頭をさげて言葉をつづけた。

「雨はまだやみませぬ。川の水はさらにふえてまいりましょう。そこに守護代が溜め池の水を一挙に流せば――」

「わかっている」

外道院《げどういん》がうなずいた。

「おれもそのことは考えていた。ここは、退《しりぞ》くしかないだろう」

「はい。しかし、われわれは逃げるのではありませぬ。出発するのです。ここは気に入った土地ではありましたが、いまや縁がつきました。われらは一所不住《いっしょふじゅう》の民《たみ》。あらたな天地をもとめて、旅立つときがきたのかもしれません」

「よし。きめた」

外道院はすばやくたちあがった。そしていった。

「彦山房《ひこさんぼう》、おまえにまかせるぞ」

彦山房の顔に、突然、活気がよみがえった。張りのある声がひびいた。

「われらはこの地をはなれる！　六角《ろくかく》どのは、親鸞《しんらん》どのたちをつれて、すぐに河原をでてくだされ。その後の始末は、よろしくお願い申す」

そこへ瓶子《へいし》と盃《さかずき》をもった名香房《みようこうぼう》がもどってきた。彦山房はてきぱきと命令をくだした。

「すぐに船頭《せんどう》たちを呼べ！　病者《びようしや》と体の不自由な者は、ぜんぶこの船に集めろ。小屋は屋根を外して筏《いかだ》に組め。棺桶《かんおけ》はいくつある？」

瓶子をおいて、名香房が答える。

「いまは二十ほど」

「よし。ぜんぶ蓋《ふた》に釘《くぎ》をうって、筏の両側に結びつけろ。浮きのかわりにつかう。すべての筏は綱《つな》でつなぎあわせて、一列にこの船に結びつけるのだ。いそげ！」

名香房が階段をかけおりると、船の外であわただしい叫び声がとびかった。

「お発《た》ちになりますか」

と、六角数馬《かずま》が外道院をみつめて、感慨《かんがい》ぶかげな声でいった。

「おなごり惜《お》しゅうございますが、これも運命でございましょう。いつかまたお会いする日を楽しみにいたしております」

外道院の顔に奇妙な笑みが浮かんだ。

「おまえのほうが戸倉《とくら》たちより商売は上手だ。うまくやれよ、六角」

そして、貞次郎《ていじろう》にむかってたずねた。

「それにしても、なぜだ？」

「なぜ、とは？」

貞次郎が投げやりな口調で応じた。外道院は、かさねてきいた。

「なぜ父親の守護代《しゅごだい》の計画をわれらに通報した？」

「親父《おやじ》が嫌いだからさ。ほかに訳《わけ》はない」

唇をゆがめて薄笑いを浮かべながら、貞次郎《ていじろう》はいった。

「おれは子供のころから親父が嫌いだった。いつかあの偉そうな男に一泡《ひとあわ》ふかせてやろうと思っていたんだよ。おれはあの男の得意顔に泥をぬってやりたかっただけさ。おれは、そもそも侍《さむらい》って商売が大嫌いなんだ。ここをはなれてどこか他国へいくのなら、ひとつおれもあんたたちの仲間に入れてもらえないかね。これまでのことは、水に流してさ。たのむよ」

「この野郎、調子のいいことぬかしやがって」

と、長次《ちょうじ》がいまにも殴《なぐ》りかからんばかりの勢いでどなった。彦山房《ひこさんぼう》がそれを手で制して、

「いいだろう。人質のかわりにつれていく」

「ありがたい」

そこへねじり鉢巻きをした船頭《せんどう》の頭《かしら》たちが数人、駆けこんできた。一人の船頭が威勢のいい大声で彦山房に叫んだ。

「筏《いかだ》の用意はすぐ終わります。病人や女、子供らも、急いでこの船に運びこんでますから、もうまもなく乗りだせるでしょう。いま、山から海のほうへ風がきてますから

好都合です。船尾の穴や、帆柱《ほばしら》の修理もすみました」

「よし。合図をしたら、この船を川の流れにおしだせ」

彦山房は船頭たちに指示すると、親鸞《しんらん》にいった。

「親鸞どの。わたしはそなたが好きではなかった。だが、困難を最後まで耐えぬく者は、敵でも尊敬する。そなたは、七日間、よくやった。また、どこかで会うこともあろう。わたしは外道院《げどういん》さまとともにいく。さらばだ。さあ、はやく河原をたち去るがよい」

いそげ、と、彦山房は六角数馬《ろくかくかずま》につよい口調でいった。

すぐに鉄杖《てつじょう》が親鸞をせおった。長次が彦山房に頭をさげて、お達者で、といった。

サトがたちあがって静かにいった。

「わたしは親鸞とともにいく。わたしがこの男を守ってやらねばならぬ」

外道院はなにもいわず、親鸞にうなずいただけだった。親鸞はそれに目でこたえた。

六角数馬を先頭に、親鸞たちの一行はあわただしく船を駆けおりた。

雨で増水した河原はすでに水びたしである。膝《ひざ》まである水のなかを、彼らは急いで土手にむかった。

なんとか川の土手までたどりついた親鸞《しんらん》たちは、みな息切れして喉《のど》をぜいぜいいわせていた。

なかでも肥《ふと》った六角数馬《ろくかくかずま》は、いまにも倒れそうに地面に片膝《かたひざ》ついて、胸を手でおさえてあえいでいる。

子供をだいた恵信《えしん》も、親鸞をせおった鉄杖《てつじょう》も、あえぐように肩で息をしていた。さしもの長次《ちょうじ》も、全身びしょぬれになって、震《ふる》えている。

ひとりサトだけがいきいきした表情で、降りしきる雨もまったく気にしていない様子だ。

「名香房《みょうこうぼう》は、こないのか」

と、サトが長次にきいた。

「やつは外道院《げどういん》の弟子だからな。どこまでも一緒にいくのさ」

サトは長次の声にふり返りもせず、明るい口調でいう。

「あれは馬鹿だが、心は善い男であった」

「なにをいってやがる。やつは、おめえに惚《ほ》れていたんだぜ」

「それはとっくにわかっていた」

鉄杖が背中の親鸞に叫ぶように声をかけた。

「ごらんください、親鸞さま！　外道院たちの一行が河原をはなれていきます」

親鸞は目をこらして川を眺めた。巨大な廃船が、増水した河原をゆっくりと動きはじめている。そのあとに、結び合わされた十数個の筏《いかだ》が舫《もや》い綱《づな》を切って、一列につづく。

まるで親鴨《おやがも》につづく子鴨の群れのように、長い筏の隊列は川の流れにつらなっている。左右にうねりながら、奇妙な船団は次第に河原をはなれていきつつあった。

先頭の船の舳《へ》先《さき》に、長髪を風になびかせながらたっているのは、彦山房玄海《ひこさんぼうげんかい》だろう。そのうしろに、白覆面《しろふくめん》の名香房がいた。彼はこちらにむかって、大きく手をふっている。

船尾に、柿色《かきいろ》の衣《ころも》がみえた。外道院だ。彼は腕組みして、親鸞たちのほうをじっとみている。

まだ雨はやまない。

親船にひかれた筏の上には、ぎっしりと人影がかたまっている。長い船列は流れにのって、みるみるうちに遠ざかっていく。

「うまく海へでたとして、そこからどこへいくのだろう」

と、六角数馬がいった。

「心配はいらぬ。わたしが守ってやる」

サトの言葉にため息をつきながら、さあ、おいらたちもいくか、と長次《ちょうじ》がみなをうながした。

そのとき突然、地鳴りのような音がひびいた。立っている川の土手が地震のように揺れはじめた。

「なんだ、あれは!」

長次が叫んだ。

巨大な水の壁が上流から大蛇の腹のように押しよせてくる。

河原のすべてを押し流しながら、雪崩れおちる水流が目の前を通過していくのを、全員が息をのんでみつめた。轟音とともに視界がかすんだ。地面がゆれる。水煙が巻きあがる。河原の石が空中に舞いあがる。

親鸞《しんらん》たちの一行は、声もなく呆然《ぼうぜん》とその場に立ちすくんだ。外道院《げどういん》たちの船団の姿は、すでに見えない。

二ヵ月ぶりの雨は、四日間降りつづいてやんだ。

たっぷり水を吸いこんだ大地は、たちまち生気《せいき》をとりもどした。森の木々も、畠《はたけ》の作物も、おだやかな日ざしをあびて、きらきらと輝き、人びとの顔にも生気がよみがえった。

巨大な鉄砲水が通過したあとの荒涼たる無人の河原には、雑草が生《お》いしげり、ときどき野犬の姿がみえるだけだった。

自宅へもどった親鸞は、十日あまり寝こんだが、やがて元気をとりもどした。朝夕、長次が時間をかけて用意してくれる煎《せん》じ薬がきいたのかもしれない。

恵《え》信《しん》は実家の手伝いにいったり、漬物をつけたり、冬にそなえての縫《ぬ》いものをしたりと、いそがしくはたらいていた。

その間、サトが毎日のようにやってきて、幼い小野《おの》の相手をした。小野はあいかわらず言葉を発しなかったが、サトのいうことはよくきいた。

郡司《ぐんじ》の役所の片隅《かたすみ》にある小屋に住みついたサトは、ときどき頼まれては祈禱《きとう》にでかけていくことがあった。その託宣《たくせん》がよく当たると、評判になっていたのである。

長次は売薬に精をだし、鉄杖《てつじょう》は裏の林をきりひらいて、野菜や豆などを育てていた。

ある日、六角数馬《ろくかくかずま》が大きな包みをかかえてやってきた。雨乞《あまご》いの法会《ほうえ》を見事につとめた褒美《ほうび》として、国司《こくし》や荘官《しょうかん》などからくだされた品々であるという。

「わたしが雨を降らせたのではありませぬゆえ」

と、親鸞《しんらん》はかたくなにそれを受けとろうとはしなかった。

そのときの話では、守護代《しゅごだい》の戸倉兵衛《とくらひょうえ》のほうから六角数馬《ろくかくかずま》に、河川水利《かせんすいり》の権利について、手を組もうとあらためて申し出があったという。

外道院《げどういん》たちのその後の消息は不明です、と六角数馬はいっていた。

親鸞の暮らしにも、しばらくはおだやかな日々がつづいた。

そして木枯《こがら》しが吹きはじめた。空には灰色の雲がたれこめ、海の波も荒々しさをましてきている。

冬がちかづいてきたのだ。

親鸞の運命にも、大きな転機がおとずれようとしていた。


（下巻につづく）

・本書は二〇一二年一月に小社から単行本として刊行された上巻です。

|著者|五木寛之　1932年福岡県生まれ。朝鮮半島より引き揚げたのち、早稲田大学露文科に学ぶ。PR誌編集者、作詞家、ルポライターなどを経て、'66年『さらばモスクワ愚連隊』で小説現代新人賞、'67年『蒼ざめた馬を見よ』で直木賞、'76年『青春の門』（筑豊篇ほか）で吉川英治文学賞を受賞。'81年より一時休筆して京都の龍谷大学に学んだが、のち文壇に復帰。2002年にはそれまでの執筆活動に対して菊池寛賞を、英語版『TARIKI』が2002年度ブック・オブ・ザ・イヤースピリチュアル部門を、'04年には仏教伝道文化賞を、'09年にはNHK放送文化賞を受賞する。'10年に刊行された前作『親鸞』は第64回毎日出版文化賞を受賞し、ベストセラーとなった。代表作に『戒厳令の夜』、『風の王国』、『風に吹かれて』、『百寺巡礼』（日本版　全十巻）など。小説のほか、音楽、美術、歴史、仏教など多岐にわたる活動が注目されている。

親鸞《しんらん》　激動篇《げきどうへん》（上）
五木寛之《いつきひろゆき》

2013年6月14日第1刷発行

講談社文庫
定価はカバーに表示してあります

発行者——鈴木　哲
発行所——株式会社　講談社
東京都文京区音羽2-12-21　〒112-8001
電話　出版部（03）5395-3510
販売部（03）5395-5817
業務部（03）5395-3615

デザイン—菊地信義
製版———大日本印刷株式会社
印刷———大日本印刷株式会社
製本———大日本印刷株式会社

Printed in Japan

ISBN978-4-06-277571-7

講談社文庫刊行の辞

二十一世紀の到来を目睫に望みながら、われわれはいま、人類史上かつて例を見ない巨大な転換期をむかえようとしている。

世界も、日本も、激動の予兆に対する期待とおののきを内に蔵して、未知の時代に歩み入ろうとしている。このときにあたり、創業の人野間清治の「ナショナル・エデュケイター」への志を現代に甦らせようと意図して、われわれはここに古今の文芸作品はいうまでもなく、ひろく人文・社会・自然の諸科学から東西の名著を網羅する、新しい綜合文庫の発刊を決意した。

激動の転換期はまた断絶の時代である。われわれは戦後二十五年間の出版文化のありかたへの深い反省をこめて、この断絶の時代にあえて人間的な持続を求めようとする。いたずらに浮薄な商業主義のあだ花を追い求めることなく、長期にわたって良書に生命をあたえようとつとめるところにしか、今後の出版文化の真の繁栄はあり得ないと信じるからである。

同時にわれわれはこの綜合文庫の刊行を通じて、人文・社会・自然の諸科学が、結局人間の学にほかならないことを立証しようと願っている。かつて知識とは、「汝自身を知る」ことにつきていた。現代社会の瑣末な情報の氾濫のなかから、力強い知識の源泉を掘り起し、技術文明のただなかに、生きた人間の姿を復活させること。それこそわれわれの切なる希求である。

われわれは権威に盲従せず、俗流に媚びることなく、渾然一体となって日本の「草の根」をかたちづくる若く新しい世代の人々に、心をこめてこの新しい綜合文庫をおくり届けたい。それは知識の泉であるとともに感受性のふるさとであり、もっとも有機的に組織され、社会に開かれた万人のための大学をめざしている。大方の支援と協力を衷心より切望してやまない。

一九七一年七月

野間省一

古井由吉
聖耳
解説=佐伯一麦　年譜=著者

五度にわたる眼の手術の後、聴覚にまで異常を来し始めた男。目前に広がるのは夢か、現か。文学と日本語の可能性を極限まで追究する著者の真骨頂を示す連作短篇。

978-4-06-290198-7
ふA7

講談社文芸文庫・編
大東京繁昌記　山手篇
解説=森まゆみ

明治・大正から昭和へと、大きく変わりゆく東京の姿を、島崎藤村、高浜虚子、徳田秋声、小山内薫ら当時の一流文士たちが、魅力溢れた筆致で描いた街歩きの歴史的名著。

978-4-06-290195-6
こJ29

折口信夫
折口信夫対話集
安藤礼二編
解説=安藤礼二　年譜=著者・安藤礼二

折口が語り合う文学、民俗学、宗教論。相手は北原白秋、室生犀星、谷崎潤一郎、川端康成、小林秀雄、柳田国男、鈴木大拙といった、こちらも日本の知の巨匠たち。

978-4-06-290197-0
おW4

五木寛之　他力
五木寛之　こころの天気図
五木寛之　百寺巡礼　第一巻　奈良
五木寛之　百寺巡礼　第二巻　北陸
五木寛之　百寺巡礼　第三巻　京都Ⅰ
五木寛之　百寺巡礼　第四巻　滋賀・東海
五木寛之　百寺巡礼　第五巻　関東・信州
五木寛之　百寺巡礼　第六巻　関西
五木寛之　百寺巡礼　第七巻　東北
五木寛之　百寺巡礼　第八巻　山陰・山陽
五木寛之　百寺巡礼　第九巻　京都Ⅱ
五木寛之　百寺巡礼　第十巻　四国・九州
五木寛之　海外版　百寺巡礼　インド1
五木寛之　海外版　百寺巡礼　インド2
五木寛之　海外版　百寺巡礼　朝鮮半島
五木寛之　海外版　百寺巡礼　中国

五木寛之　海外版　百寺巡礼　ブータン
五木寛之　海外版　百寺巡礼　日本・アメリカ
井上ひさし　四千万歩の男　忠敬の生き方
井上ひさし　ふ　ふ　ふ
井上ひさし　ふ　ふ　ふ　ふ
池波正太郎　おおげさがきらい
池波正太郎　わたくしの旅
池波正太郎　わが家の夕めし
池波正太郎　新しいもの古いもの
池波正太郎　作家の四季
石川英輔　大江戸えねるぎー事情
石川英輔　大江戸テクノロジー事情
石川英輔　大江戸生活事情
石川英輔　大江戸リサイクル事情
石川英輔　雑学「大江戸庶民事情」
石川英輔　大江戸えころじー事情

石川英輔　大江戸番付事情
石川英輔　大江戸庶民いろいろ事情
石川英輔　大江戸開府四百年事情
石川英輔　江戸時代はエコ時代
石川英輔　大江戸省エネ事情
石川英輔　ニッポンのサイズ〈身体ではかる尺貫法〉
石川英輔　実見　江戸の暮らし
石川英輔・田中優子　大江戸生活体験事情
石牟礼道子　新装版　苦《く》海《がい》浄土《じょうど》〈わが水俣病〉
今西錦司　生物の世界
一ノ瀬泰造　地雷を踏んだらサヨウナラ
泉　麻人　ありえなくない。
泉　麻人　お天気おじさんへの道
伊集院　静　野球で学んだことヒデキ君に教わったこと
伊集院　静　ねむりねこ
井上夢人　おかしな二人〈岡嶋二人盛衰記〉

講談社文庫　エッセイ&ノンフィクション作品

家田荘子　イエローキャブ
家田荘子　渋谷チルドレン
飯島　勲　代議士秘書〈永田町、笑っちゃうけどホントの話〉
岩瀬達哉　新聞が面白くない理由
岩瀬達哉　完全版　年金大崩壊
岩城宏之　森のうた〈山本直純との芸大青春記〉
糸井重里　ほぼ日刊イトイ新聞の本
井上荒野　ひどい感じ―父・井上光晴
池内ひろ美　リストラ離婚〈妻が・夫を・捨てたわけ〉
絲山秋子　絲的メイソウ
絲山秋子　絲的炊事記〈豚キムチにジンクスはあるのか〉
絲山秋子　絲的サバイバル
絲山秋子　北緯14度〈セネガルでの2カ月〉
石川大我　ボクの彼氏はどこにいる？
石松宏章　マジでガチなボランティア
池澤夏樹　虹の彼方に

石塚健司　特捜崩壊
池田清彦　すこしの努力で「できる子」をつくる
石飛幸三　「平穏死」のすすめ〈口から食べられなくなったらどうしますか〉
石井光太　感染宣告〈エイズウィルスに人生を変えられた人々の物語〉
梅棹忠夫　夜はまだあけぬか
内館牧子　切ないOLに捧ぐ
内館牧子　あなたが好きだった
内館牧子　ハートが砕けた！
内館牧子　BUSU〈すべてのプリティ・ウーマンへ〉
内館牧子　別れてよかった
内館牧子　あなたはオバサンと呼ばれてる
内館牧子　養老院より大学院
内館牧子　愛し続けるのは無理である。
内館牧子　食べるのが好き　飲むのも好き　料理は嫌い
宇都宮直子　人間らしい死を迎えるために
内田正幸　生活クラブ生協連合会「生活と自治」　こんなモノ食えるか!?〈食の安全に関する101問101答〉

魚住　昭　渡邉恒雄　メディアと権力
魚住　昭　野中広務　差別と権力
氏家幹人　江戸老人旗本夜話
氏家幹人　江戸の性談〈男たちの秘密〉
氏家幹人　江戸の怪奇譚
内田春菊　愛だからいいのよ
内田春菊　ほんとに建つのかな
内田春菊　あなたも奔放な女と呼ばれよう
植松晃士　おブスの言い訳
内田也哉子　ペーパームービー
内田　樹　下流志向〈学ばない子どもたち　働かない若者たち〉
内田　樹　釈　徹宗　現代霊性論
上田紀行　ダライ・ラマとの対話
上田紀行　スリランカの悪魔祓い
内澤旬子　おやじがき〈絶滅危惧種中年男性図鑑〉
遠藤周作　周作塾〈読んでもタメにならないエッセイ〉

遠藤周作　『深い河』創作日記
永六輔 矢崎泰久　バカまるだし
永六輔 矢崎泰久　ふたりの品格
永六輔 矢崎泰久　ははははハハハ
衿野未矢　依存症の女たち
衿野未矢　依存症の男と女たち
衿野未矢　依存症がとまらない
衿野未矢　「男運の悪い」女たち
衿野未矢　男運を上げる15歳ヨリウエ男〈悩める女の厄落とし〉
衿野未矢　恋は強気な方が勝つ!
大江健三郎　鎖国してはならない
大江健三郎　言い難き嘆きもて
大江健三郎・文 大江ゆかり・画　恢復する家族
大江健三郎・文 大江ゆかり・画　ゆるやかな絆
大橋歩　おしゃれする
沖守弘　マザー・テレサ〈あふれる愛〉

大前研一　企業参謀 正続
大前研一　やりたいことは全部やれ!
大前研一　考える技術
オノ・ヨーコ 飯村隆彦編　ただの私《あたし》
オノ・ヨーコ 南風椎訳　グレープフルーツ・ジュース
大下英治　一を以って貫く〈人間小沢一郎〉
大橋巨泉　巨泉〈人生の選択〉
大橋巨泉　巨泉流 成功!海外ステイ術
恩田陸　『恐怖の報酬』日記〈酩酊混乱紀行〉
乙武洋匡　五体不満足〈完全版〉
乙武洋匡　乙武レポート〈'03版〉
乙武洋匡　だから、僕は学校へ行く!
大崎善生　聖《さとし》の青春
大崎善生　将棋の子
大崎善生　編集者T君の謎〈将棋業界のゆかいな人びと〉
小田島雄志　駄ジャレの流儀

大平光代　だから、あなたも生きぬいて
小川恭一　江戸の旗本事典〈歴史・時代小説ファン必携〉
大場満郎　南極大陸単独横断行
小田若菜　サラ金嬢のないしょ話
奥野修司　皇太子誕生
奥野修司　放射能に抗う〈福島の農業再生に懸ける男たち〉
大葉ナナコ　怖くない育児〈出産で変わること、変わらないこと〉
小野一光　彼女が服を脱ぐ相手
小野一光　風俗ライター、戦場へ行く
岡田斗司夫　東大オタク学講座
折原みと　おひとりさま、犬をかう
面高直子　ヨシアキは戦争で生まれ戦争で死んだ
岡田芳郎　世界一の映画館と日本一のフランス料理店を山形県酒田につくった男はなぜ忘れ去られたのか
太田尚樹　満州裏史〈甘粕正彦と岸信介が背負ったもの〉
大泉康雄　あさま山荘銃撃戦の深層(上)(下)
大鹿靖明　メルトダウン〈ドキュメント福島第一原発事故〉

講談社文庫　エッセイ&ノンフィクション作品